U0843537

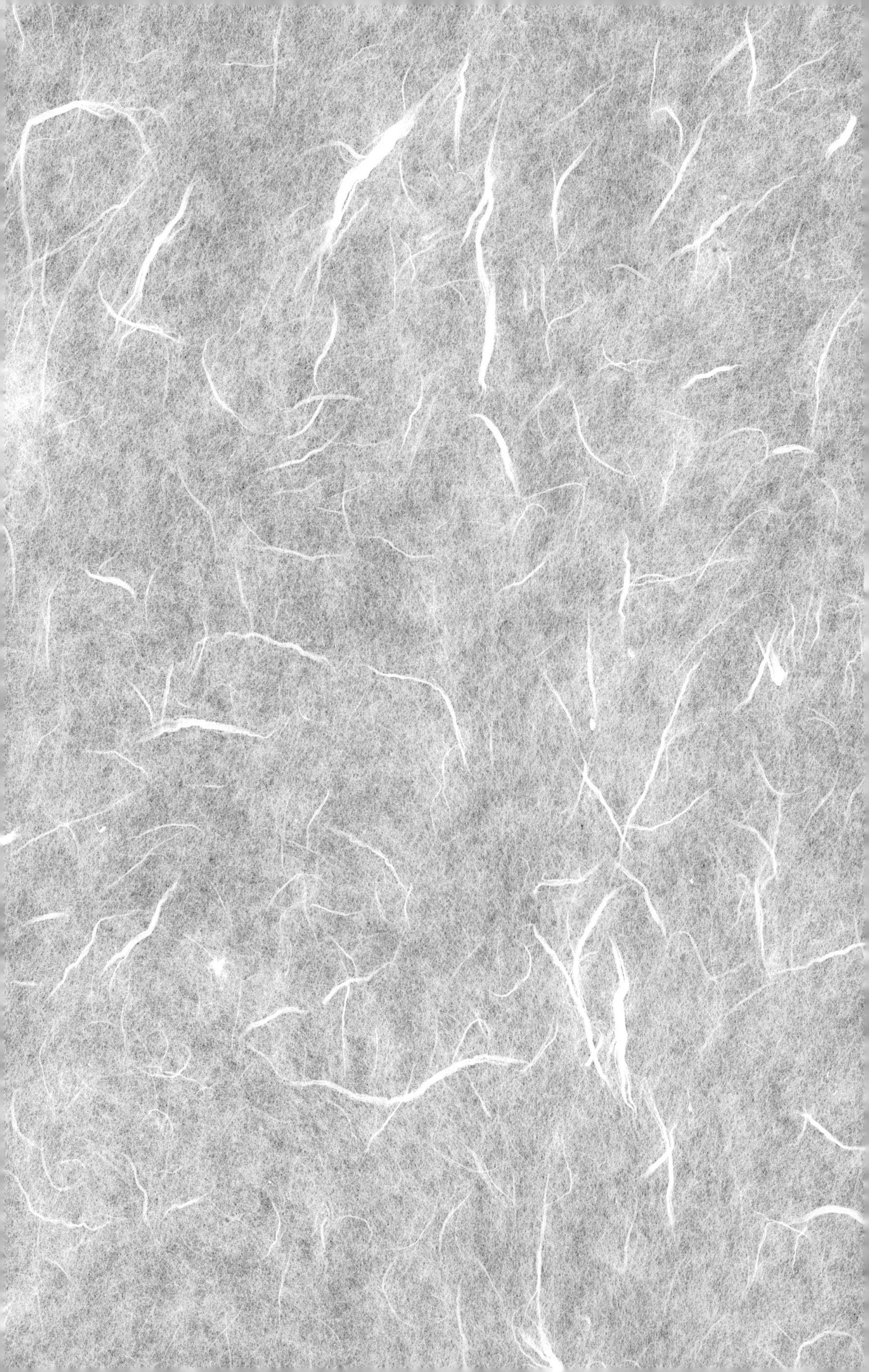

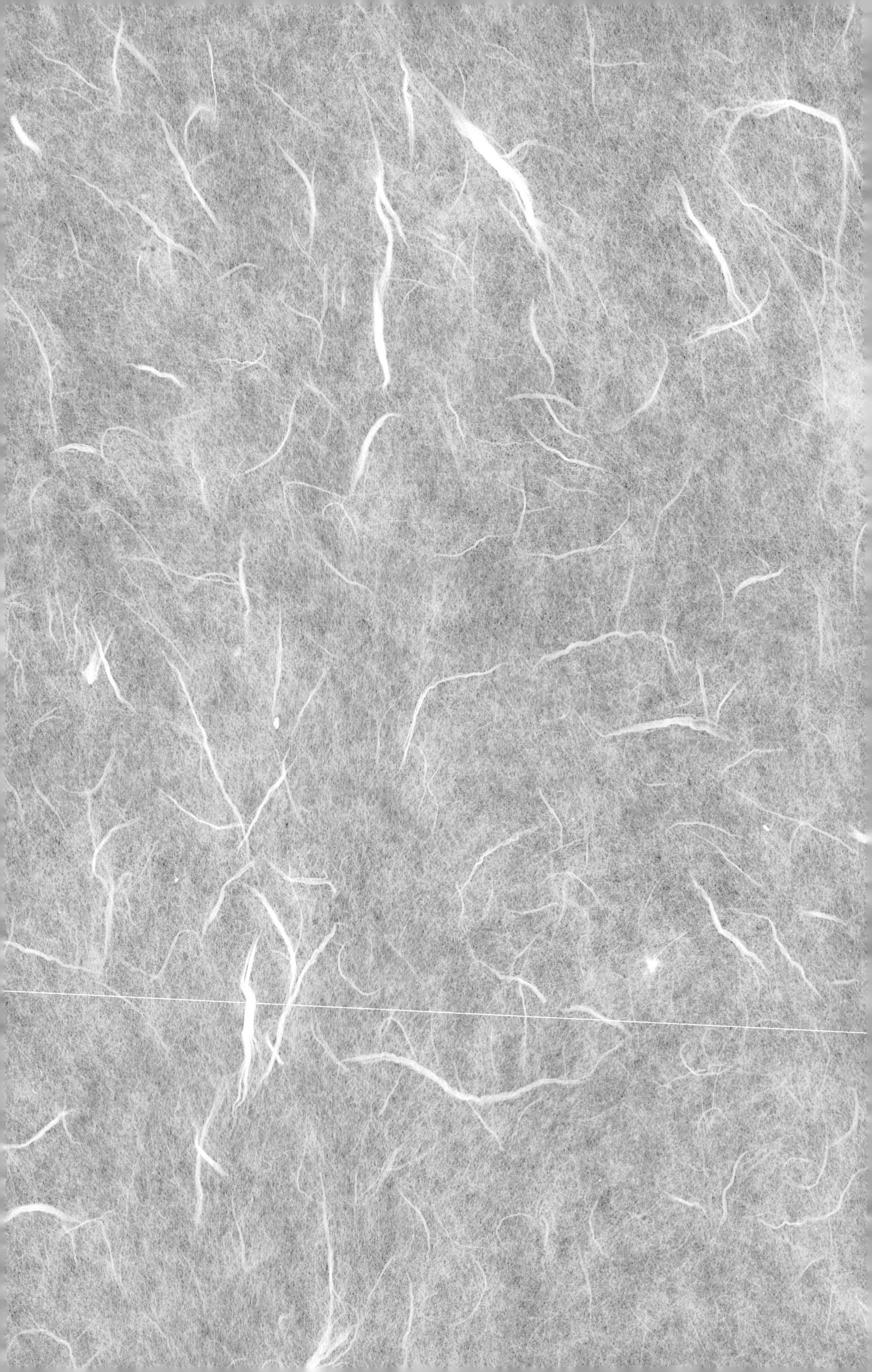

熊秉明文集

COLLECTED WORKS OF HSIUNG PING-MING

八

诗论

主编 ⊙ 叶朗 陆丙安
执行主编 ⊙ 朱良志

APGTIME 时代出版
时代出版传媒股份有限公司
安徽教育出版社

图书在版编目（CIP）数据

熊秉明文集. 八,诗论 / 叶朗,陆丙安主编;熊秉明著.
—合肥:安徽教育出版社,2018.12
ISBN 978-7-5336-8775-5

Ⅰ.①熊… Ⅱ.①叶…②陆…③熊… Ⅲ.①熊秉明—文集②诗歌评论—中国—文集 Ⅳ.①J—53②I207.22—53

中国版本图书馆 CIP 数据核字（2018）第 238992 号

熊秉明文集　八　诗论
XIONGBINGMING WENJI　BA　SHILUN

出 版 人:郑　可
质量总监:姚　莉
策划编辑:王竞芬
责任编辑:王竞芬
装帧设计:朱　锦　朱嫣然
责任校对:周骐睿　徐　宇
技术编辑:陈善军

出版发行:时代出版传媒股份有限公司　安徽教育出版社
地　　址:合肥市经开区繁华大道西路 398 号　邮编:230601
网　　址:http://www.ahep.com.cn
营销电话:(0551)63683012,63683013
排　　版:安徽时代华印出版服务有限责任公司
印　　刷:安徽联众印刷有限公司

开　　本:710×1010　1/16
印　　张:19.5
字　　数:270 千字
版　　次:2018 年 12 月第 1 版　2018 年 12 月第 1 次印刷
定　　价:118.00 元

（如发现印装质量问题,影响阅读,请与本社营销部联系调换）

编辑委员会

出版说明

熊秉明先生（1922—2002），著名法籍华人艺术家、诗人，在雕塑和书法方面有精深造诣，同时是一位有重要影响的艺术理论家。

先生1944年毕业于西南联合大学哲学系。1947年考取公费留法，进入巴黎大学攻读博士学位。1949年专修雕塑。1960年在瑞士苏黎世大学教授汉语及中国哲学。1962年受聘于巴黎东方语言文化学院，曾任该校中文系教授、系主任。著有《张旭狂草》《中国书法理论体系》《关于罗丹——日记择抄》等著作。

先生兼融哲学和艺术，沟通东方和西方，对艺术有极敏感之体悟能力，生平著述具有广泛读者。此次编纂出版的十卷《熊秉明文集》，是先生除雕塑、书法作品之外的存世文字的合集，包括他的学术著作、随笔、读书札记等。其生平重要著述《张旭狂草》一书，第一次由法文译成中文介绍给汉语界读者。文集中包括先生生平大量未刊稿，其中近半数文字，是根据先生手稿整理而成，第一次与读者见面。

北京大学美学与美育研究中心长期致力于重要艺术文献的整理研究，此次整理得到了熊秉明先生夫人陆丙安女士的大力支持与帮助，安徽教育出版社精心编辑出版，多方面力量汇集，使此书得以顺利出版。本书在整理出版过程中，参考了相关杂志和出版机构先行出版的成果，在此表示衷心感谢。敬请广大读者多提宝贵意见。

为了方便读者阅读，此次出版对若干译名，根据现代使用习惯，做了修改。文集中有些地方文字重复，为了保留先生手稿原貌，未做修改。

本卷文字说明

作为诗人的熊秉明先生有关于诗的深入思考。本卷收录了他有关中国古代到现代诗歌的研究文字。

我怎样写"一首难懂的诗"的分析

近日新化县寄来"卞之琳研究资料汇编"上下两册，才看到[illegible]先生的"一首[illegible]问题的问题诠释"。我虽然有不少话要说，但我想只就几点谈一谈。

一、好诗与坏诗

文中有这样一句话：

> 撇开以上的读法不谈，当前面临的问题是：卞之琳这首诗是不是好诗？

这话很含糊、笼统、空泛

我认为我们对诗的看法和这一种看法是完全相对立的。我当然也有好诗、坏诗的观念，对于某些诗我也认为是"坏诗"，"简直不是诗"，但是我以为这是很主观的评语，并不能构成一个迫切的问题，更无法找到客观的标准来评定。

我记得当时这首诗发表时，我在英国，寄给一位老朋友看，他是大学里唯一的中国朋友，但他念的是经济学的，大约有隔行之苦，就来问我"这首诗到底好不好？他说读了半天，我还是不知道。"

其实，我写了那么多文字，并没有认为这是一首好诗。"但它是不是好诗"决非一个迫切的问题，好诗和坏诗并不是黑白分明的，好诗并非带有任何印记。

2

一见钟情的读者。

〔这些想法自古有之，比如说用如今用王恩。修辞、技巧，……一旦把这样的比语填入，便作出诗意来了。〕

但是林焕先生以为不然，他认为好诗是就诗论诗的，里面的好人，一见钟情可以认出的。不过我得问“诗的语言”，什么是诗的语言呢？他说

“简单地说，至少富于比喻性的语言，也就是一种比较与‘封接’的功用。”

这一点也值得商榷。〔文中还引了分析的某些封接印象和比喻，今分解，于是说“比喻性的比喻是诗的语言”。〕

诗的语言一定要用比喻么？“采菊东篱下，悠然见南山”有什么比喻？用了比喻就是诗的语言么？朱自清的散文诗《荷塘月色》十一句中用了十四个比喻，曾让余光中大加批评，说它细腻淫巧，却觉得这些比喻太牵强、杜撰、附会，在想像上都不出色。”

所以比喻并不是诗的语言的特征，而且更不是好诗的特征。……诗之言，这才是诗的语言啊！”就

〔文中举了一个诗的语言的例子：……读了，并不认为那是诗的语言。〕

二 诗的意义

文中又有：

“这文乃一再作诗技巧的探索分析，把作品意义暂置不论。”

这也是我所不懂的。诗的文章应是要追求作品的意义，而不是去说它的好坏。我在“分析”一文的样子里便说：

我们常常是有系统地、经过缜密地去分析，这用我们的现有的语言方式，逻辑方法、词汇分类和种种知识，而又尽可能地把对作品的分析导引到内容上的判断，使分析的认识和综合的感受相贯通起来。

也就是说，这里不是为分析语言而分析语言，目的是找到分析语言的确切含义。将作者说"语言似乎说了些什么，然而又多多少少又是语言说不出来的，文字描摹不了的"，这话说对了一半，就有这样说：这话是不对的。即说不出来的[illegible]，就语言表达出来的暗示出来，就说出来的而存在。作分析就是要通过写出来的语言找出那含义，每个读者所找到的含义，一定都大不相同的，可以说一定是不同的，但也会有相同之处。

三 诗的实验

林以亮先生是把这首诗归入坏诗的，他说《风景》一诗只算不过是一种诗的实验罢了。

意思是不像传统一样，当然只用传统方法去分析的了，但是实验的诗就一定是坏诗么？

而且任何诗都是唯一的，都是一个实验，一个尝试，都是一次性的，没有人能担保一定是一首好诗。

例如我的分析测验，是一个实验，在这之前我并未有过分析诗的经验。比没有读过一篇论余光中诗的诗论。朋友丁先生给我寄来一本杂志，其中刊出《风景》和一首比较受一些人所赞赏的作家的诗，两诗的风格截然不同，这位作家的诗华丽，充满比喻和词藻，很可能有人陶醉于那里的浓密的诗意的，但吸引我的却是林亨泰的诗，我当时感到奇怪，究竟这诗的什么东西吸引了我，我于是有意去分析一下，有点儿是由于自己的好奇心，并不是为任何学校或家的意图的。

我承认对这诗的分析是受到新批评的启发，但是我的方法是很特殊的，我认为对一首诗我们应该寻找一套特殊的方法来剖析。

四、解剖刀

为"到今天,诗发展到极大的自由,无权可以说你怎样写都可以,你可以自己决定诗的定义。"也许是说每一个诗人有他的诗的意境,诗的语言,他自己定一套诗的规则(就说格律规则)就像今天的绘画刚刚完全打破了传统绘画用刻的形式)我们分析此诗的时候应当这样,如果自己先有个定见那么分析此诗的标准完全落空。比如有人以为诗一定要押韵,如果依这一条规则去分析,认为没有押韵是不通。

所以我分析一首诗就像做解剖实验,要根据解剖的对象去准备解剖的工具。解剖一只兔和解剖一只蚊子当然要用不同的工具,解剖大象的眼睛和解剖蚊子的眼睛也要用不同的工具,有时为了针对它们的特性打制合适的剖刀。

有人以为可以定出分析诗的一般方法,这是不可能的,所以我并不以为我的分析可以任意拿来应用于其他的诗。

林诗在语法上颇有不通处,但这不通像毕加索把女人的脸扭曲,在扭曲中表达新的意义,我分析"不通"的所在,"不通"的理由,"不通"的目的、隐藏的意义。

5

* 带着一个标准读诗，读同古诗也不能一一，用五组
五言诗的标准去评新诗，便会有扬大针"村夫子"的评
论。实际上也不分析，只能在新诗中寻找
而净的事情，会说它词汇上（修字）它语法上（　　）
都不能相同。首先要领会
批评家借同情诗人的用心，体会诗人走，
诗人追捕初春的蝴蝶，批评家不应该说："唉，
连一只兔子都没有猎到！"诗人要猎的是野鸭，批评
家就错误地说："唉，把一只野鸭放走了。"至于有的批评
家想找一个评论的美满回答，我们就象用秤来称
重量，猎到大象的，见到猎手，捕到蝴蝶就说他是会
猎的猎人了。

二信短稿

这首诗使我想起老子的第一章

类似的文字还有庄子。

这首诗，就形式上说，有两个突出的特点：一是不合普通语法规律，一是读起来

[illegible]文字[illegible]，就是读起来好像

是搭门儿令，同音字，同义用或同谐音的字交叠出现，很有音乐感，节奏感，像唱歌，像念经念咒。文字的意义反倒模糊了。其实文字意义是很含蓄的，它的内容涉及生命和时与空。

为什么有如此的意义呢？比如老子第一章的开首因为它讲道，而道是存在于所有事物的概念，所以它本身是有意义的，本身就要描述它。庄子的一段讲宇宙的开始，于是进而推及未来有开始之前，于是有了如此的搭门儿令，（有始也者，有未始有始也者，……

又如庄子的"有方之方死……"

是讲生与死的同时性，我们读此就能感到很生。

又如[illegible]"[illegible]……

是说创造生命的意义被[illegible]了，这句话在形式上[illegible]，所以是说在形式上就有了意义的模糊，而同字的交叠在形式上就[illegible]，也可以念成[illegible]"[illegible]"，是难[illegible]之语[illegible]，这[illegible]了。

散文和诗的一个重要区别是在行文上，散文排序重要，而诗不讲重要，更严格地说散文之间也有区分，抒情文和议论文，议论文的文字应着重逻辑思路展开的，这读者的注意力在于内容；抒情文是创造一个氛围，一个情调，这读者的注意在于语调，[illegible]，有了谐和的诗更是语句简朴，而有音的唱来才动人。

定义。因为说"有物混成，先天地生……吾不知其名，字之曰道"。

在本文的开始我说此话有很深的哲学意味，又说是在语言上的既玄妙而晦涩。这两点其实是一回事。说出存在之本性的问题（哲学的问题总以较为抽象的语言表达），必不可免地要用一些很基本的观念，说一些基本的哲学命题，想法。

老子开章的"道可道，非常道，名可名，非常名。无名天地之始，有名万物之母"。"道"是人性的最根本，所有存在的根源。老子所说的道是宇宙最基本的概念，在逻辑中是一切的起点，只能以它来说明其它，而它本身不是可以说明的，因为要说明就得用别的术语，它是自明的。我们只能以它自己来说它自己，于是便说得很玄妙（"道隐无名"，"绳绳不可名"，"吾不知其名，字之曰道，强为之名曰大曰逝……"），是一种同语反复的逻辑（tautology）。所谓其理难言，其解是近似"共所已知"，因为理是语言来传达的理，以语言来说存在之理的存在，语言变成玄言，其解也难，因为解是语言的陈述，陈述本身也是存在之物，终局限在语言世界之域。

哲学在开始以前基本的概念，讨论宇宙最基本的问题要它说清楚的，不免有期期难言之状。而西方哲学

中国语言无词性变化，又同同逻辑的古怪情形更加突出。老子开章用中文读起来，还更会给人有强烈的玄秘性，而听起来的神秘的意义，于是产生了神秘效果。但把这段话用英文翻来读，便忽然变得明白。

开头句只六个字，"道"字重复了三次，字数占一半，而意义用法不同，互相解释，读出来，非常诗性的。我觉得很有古东方味，有节奏，像念咒，有若魔力，给一种神秘感。道字

1

关于《春·夏·秋·冬》

诗人不该为自己作注释的。当然也有例外。我现在算作例外。因为我们之间相差了四十多岁，有些思想和情绪我要作些说明，你才会明白。既然是自己家里的人，当作家常话来听，不必太认真。

这组诗大概哲学气很重，我自己知道，多少有点故意的。因为这些年来，我常读到一些评诗的文章，谈某某诗如何好，因为如何形象化。我以为这是很奇怪的论点。形象化怎么成为诗之好坏的标准呢？"山中有白云，只能自怡悦"，有何形象化？"无边落木萧萧下，不尽长江滚滚来"，诚然形象化，但其好处不在形象化，而在于它刻画出某一种情景，我会说意境。没有意境，徒然描写，毫无意义。

春和夏两首突出地用了两个哲学里的基本观念"有"和"无"。

冬天长期阴暗，雾，山隐在烟中，水在冰雪下。春来了，山露出来，河解了冻，水淙淙地流，人惊觉地看到"又有了山，又有了水"，云也不再是一块铅板压在头上，而有一团一团松松地，轻轻的，飞去的云。雨也有了，雨又落在大地上，草木秧苗都包裹在雨中，雨是绿蒙蒙的。有了草，有了苗，本来都没有的，现在都有了，"一切在有中"，仿佛有一个总的"有"弥漫在天地间。我自己也感到这生命的新生，血流得也畅快，呼吸也特别轻松。这有也就是生，这生的感觉也可以说是有的感觉。

2

我存在于这个世界了，有存在的感觉，这感觉也是生的喜悦。所以有存在的喜悦。

"生"和"在"的意思不同。"在"是"存在"的意思，"我家的后园的墙外有两棵树"，是指存在，"一棵是枣树，还有一棵也是枣树"，是指类别。春天一切都好似生了似的，萌芽、发育、成长、开花，幼苗都像小草，昆虫都像蝴蝶，在我眼中，就渐渐有了分别。生稻子的渐渐抽穗，成为稻子。生青蛙的，渐渐长了后脚，长了前脚，成为青蛙。果子都开始都是青色的果，然而生李子的渐渐生李子，生苹果的渐渐生苹果，越来越生苹果。它们并不一开始就生苹果，它们在生的途中，渐渐成长，有了苹果的圆，苹果的红色，苹果的香气，苹果的滋味，它们"生之"苹果，"是之"苹果，终于苹果之苹果，梨是梨，渐渐完成为一个一个自己的内容，完成一个个自己的生命。整个长夏中，经受阳光的燃烧中，雷雨的洗浴中，那是"生"的过程，"生"在生的途中。

秋，人们都想到结实、收获，我把结实与收获看作生的"完成"阶段去了。作为一个中国人想到秋，很想到菊，我记得父亲，他的诗文，最喜欢吃菊，在诗人中他最喜欢陶渊明，"采菊东篱下"，秋与菊有了因果的关系。然而我的另外的生是在西方度过的，西方的秋是葡萄的秋，看见葡萄的颜色，也就从而看见它变为酒的颜色、酒的醇味。

冬天一片晴霜、凝止。雪在大地上，似乎在沉思，雪在沉思时，雪也就静止不动。“雪思，故雪在”这句话是从法国哲学家笛卡儿“我思，故我在”那里套来的。他对宇宙以及自身有怀疑，但认为只有一个不能怀疑的就是这“我正在思考”，就说明了我在思考，那么作为思考主体的“我”的存在也就是真实的了。但是这“在”是绝对的意思吗，也不是这样的。冬天，我们没有种耕，

我们也被迫想一些生存的基本问题。

没有浇灌，没有收割，我们休静观，尤其雪覆盖大地的时候，我们觉得一切都被封冻，而在大地上远方的东西似乎变得清清楚楚，近处的事物又冰冷，不容我们去接近，似乎变得很遥远，远方的人和我们想也想不到了，他们在附近，近来的事，特别是自己，在这些时里忽然用另一种眼光去看，去想，把自己推远了冷静地去分析、设想，

哲学上的一些基本问题就是有“是”“在”“所以”，所以有两种，一种是“因果”的所以：冷则冰是了，所以纷飞雪；一种是“目的性”的所以：有某种目的，所以有某种行动，“我要出去踏雪，所以穿上大衣”。还有一种所以是“本质特征”的所以，因为某物有某种特征，所以某物为某物。例如因为这只鸡会生蛋，所以是母鸡。这里的所以属于第几种呢。

我的诗论　　　　　　　　诗论 P1

一、

我这三篇"出版"以后，觉得应该写一篇说明这些文章的诗论。也可以说是诗批评的批评。

这三篇几篇文章讨论了三个诗人的作品。

在论余光中莲的联想中，我指出了这本诗集中的一个特点是三联句的运用。这三联句本是词中的一种缀句法，余光中的采用，并以各种不同的方式变化。三联句的运用不是偶然的，我在文中指出[illegible]内容[illegible]性，而是诗人所追求的内容恰好合乎地出现在这一[illegible]的[illegible]中，[illegible]是内容的[illegible]推进[illegible]造成形式的三联变调。这是形式的三联[illegible]引起内容的"联想"。还[illegible]

第二篇讨论林亨泰的风景之一。我指出这首小诗的两个特点：(一)形象的极点，没有任何形容词、副词、装饰词，完全[illegible]，也无所谓"形象化"的过程。(二)动词只有"有"。(三)全诗只有两句话，而两句[illegible]

第三篇谈到[illegible]的"[illegible]"，在形式上这小诗平易明晰，意向缀连没有什么特殊，但有一个小谜语，我这谜语说这诗是[illegible]，以应[illegible]会[illegible]

诗论札记

近，但是非常明显。"诗中只有两个动词"觉得""看"。"看"出现了四次，"看"的意义是什么？我于是借用Sartre存在与虚无一书里分析"看"的论点解释这个诗的中心思想，解释谜的所在，谜的产生，并探讨其含义。

二

三篇诗论虽有共同之点，就是说在"一首好诗"所说的"坚实地站在诗的传统基础上……"

三

我认为不能用同一种方法去分析不同的诗，而且我所以没能建立一套诗的理论然后去寻求相同的诗，自古以来产生了许许多多的诗的定义，诗的理论，没有一个被认为是一劳永逸的定义和理论。

我以为把一首诗之所以称之为诗，必定有其所以为诗的特点，这些特点是它之区别于非诗的所谓"诗的普遍性"，那么我认为我先走错了路，因为即使列出一百条理由来说明它的诗性，并不能对它给予价值，而使人信服。倘若我们说"有韵""有节奏"是诗的特性，根据这两点，我们会说所有的诗都有韵有节奏，但这说明什么呢？有的散文也有韵有节奏，也可算是诗，而我们很快会发现有韵有节奏的不一定是诗，而有的诗不一定有韵有节奏。同样"有意象""有比喻"……

都不能帮助我们深入地了解诗。　　谈论诗

此诗之所以为诗，和此诗之所以好，应该追寻出来。我说的"普遍性"，可以把一首诗归入诗之类，但我们欣赏诗乃是欣赏此诗的"特殊性"。我们欣赏将进酒，并不是因为它是诗，而是因为它是将进酒，它是一首绝"唱"。它之所以不同于其他的诗，任何作品都不能代替它。

因此，我们面对一首诗，必须把握此诗的"特殊性"入手。任何一个完全的理论都会同意，正像一个美人，你如果找出她和其他美人的共同点都找出来，对于我们之认识她的理由只能算找到一半。因为还有一半是她之不同于其他美人的独特性。而这一半是最重要的。另外的女人也许比她更合于普遍美的标准，更能比她更漂亮，肤色比她更白……但是她有个性，有一种独有的风度，只属于她自己。如果我们要分析她的美，必须抓住这一点，把它说出来。唯有独特性可以把握一个存在的价值，而普遍性，只是本质。

有人以为我们应当追寻诗的本质，诗之所以为诗，这件事当然也有其意义，但找出一切诗的本质，不能帮助我们了解一首诗的独特价值。而对一首诗，更不可用普遍的性质去检验。

每一首独特的诗都有其独特的内容，必用了独特的形式去表达。我们要了解它必须通过此独特形式的解剖，以达到对其独特内容的认识。好像发现了一种新的动物品种，我们不能用手术的工具去解剖此新品种，看其特殊的结构，独特的生理组织，独特的神经与筋膜，关节和骨骼。

针对这样的结构临时制造特殊的工具，进行解剖。

我自以为是根据这观点写《诗三篇》的，三诗人的诗各不相同，我的分析方法也不相同。读了我们的诗，每一首诗都必有一套方法去分析。每一首诗是创作，每一首诗的批评也必须是创作。

四

近年写诗的人太多了，发表的诗太多了，对于有些读不懂的朦胧的诗，我们怎样看待？我怎样看待？（我未能在诗与非诗之间的模糊地带，因为……明确的界限）我在看不懂一首诗的时候，我并不肯定那不是诗，我只怪自己还未能够认识这中间的奥秘。因为根据Freud的自由联想的理论，从一个词联想到另一个词，在别人看来是毫不相干的联想，在作者的潜意识里藏着它的来历。现代人写诗过分轻率，把不相干的东西拉来拼合在一起，造成许多谜、许多结、许多困惑……这些朦胧诗、荒诞诗，以闲散的心情去欣赏是不可能的，连以好奇的心情去欣赏也不可能，必须以冷静的精神、分析学者的态度去观察。在这观察中，可以看见人的精神现象的各种面貌，可怜、可悯、可惊、可怖，以清醒的意识去判断是否失之偏颇、失之晦涩、失之怪僻、失之卑下、失之懦弱、失之猥琐。

如果我们是精神分析学家，每一首诗都是很确定的对象，在这世界上写出来的千万的诗，一旦存在，都有其出现的理由，只不过是以一种形式记录而已。这研究是一件费力的工作，而是有趣的，诗会是精神分析学有意思的题目。在今天宽广的天空，素人的天空，犯人的天空都

精神分析家的工作就是从错综复杂的现象中理出意义来

我们这种诗……去读这些诗

诗论105

有人採集，有人收藏，有展览，有研究、儿童诗、素人诗，狂人诗、也一样。

目录 | CONTENTS

001 论三联句
——关于余光中的《莲的联想》

029 一首现代诗的分析
——林亨泰《风景（其二）》

067 我怎样写《一首现代诗的分析》

075 一首现代诗的谱曲
——谱《风景（其二）》一诗的示意

091 你的诞生已经诞生

123 论一首朦胧诗
——顾城《远和近》

146 春风又绿江南岸

160 散文里的韵文

168 没有威权才有诗
——看看法国人的诗教

179 小诗里的空白

184 关于20首组诗的解释

186 关于赏析
——苏轼《饮湖上初晴后雨》

193 诗的国度
——优越和缺陷

195 现代精神

202 杂论诗

210 诗的语言

213 关于《春、夏、秋、冬》

223 一首诗写后

230 说现代诗

240 我的诗论

248 诗的定义

251 大江东去

熊秉明文集 八

诗论

Collected Works Of Hsiung Ping-Ming

论三联句

——关于余光中的《莲的联想》

一

诗人是很能意识到自己的道路的，对于自己的企图以及这企图达到怎样的成功也看得清楚，尤其说得明白。他对自己的诗的诠释，像一个作为旁观者的文艺评论家那样，同情复客观，中肯而明晰，不容别人再有置喙的可能。

他在《后记》里说："有深厚'古典'背景的'现代'，和受过'现代'洗礼的'古典'一样，往往加倍地繁富而具有弹性。"又说："《莲的联想》，无论在文白的相互浮雕上，单轨句法和双轨句法的对比上，工整的分段和不规则的分行之间的变化上，都是二元的手法。在风格上，它的感情甚且是浪漫的，但是却约束在古典的清远和均衡之中。”

明白得很：他要把古典和现代交融起来，当然亦意味着把东方与西方交融起来——这是形式方面的。（当然也涉及内容，但特别是形式方面的。）

在《代序》里他说：“我的莲希望能做到神、人、物三位一体的‘三栖性’。它、她、祂。由莲蜕变为人，由人羽化为神，而神固在莲上，人固在莲中，一念精诚，得入三境。美之至，情之至，悟之至，只是一片空茫罢了。”

也明白得很：他要把人、神、物交融起来，情、悟、理交融起来——这是内容方面的。

以多样错综的形式，妥帖巧妙地承收了追求多栖性的内容，他果然是做到了，做得很好。我们想在这里提出一点来说明他采取了怎样的技法达到这意图的。虽然我们前边说过诗人对自己的作品，无论在内容上和技巧上，都有明切的解说，但这一点可能是他所未料及的，或者不同意的，所以冒昧提出来，就教于诗

熊秉明与余光中夫妇在巴黎居所

熊秉明与余光中夫妇在巴黎巴比松画派陈列馆前

人及其诗的爱好者。

二

诗人自己用了“二元”的字样、“对比”的字样来描写他的手法；我觉得更属于他的诗的特点的却在别处，是词曲结句中的一种“三联句式”。

律诗的对仗是中国诗的一个重要特色。两句相互的关系是严格的对比、对称。这对比、对称兼及两方面：一是语意的，一是音律的。在这两方面都表现出一启一承、一呼一应。力与反力相持，所以是静态的。在内容意象上，光影相掩映，阴阳相配搭；在音律上，平仄清浊相应答，自成一个二元自足的宇宙。抽析出来可以独立存在，写成楹联，发展成楹联。手法是“二元”的，效果是“对比”的、“均衡”的。有一种不均衡的对仗，是同字的出现。这在古体诗中本来有：“但见万里天，不见万里道。”（孟云卿《古别离》）“在山泉水清，出山泉水浊。”（杜甫《佳人》）但因接下去的仍是整齐的五言句，所以并见不出其特性来。若试举词的例子[1]：

烟也迷漫，水也迷漫，
天不教人客梦安。

一句说烟，一句说水，以对仗引出，似将形成对仗，

[1] 注：1966 年写本文时，引了这个例子。当时是凭记忆引用的，一时想不起是谁的句子了，翻翻书也未查到，就随它去。很久之后才有朋友告诉我是宋蒋捷的《一剪梅·宿龙游朱氏楼》。拿原词一看，吃了一惊，原来原词是这样的：

小巧楼台眼界宽
朝卷帘看　暮卷帘看
故乡一望一心酸
云又迷漫　水又迷漫

天不教人客梦安
昨夜春寒　今夜春寒
梨花月底两眉攒
敲遍阑干　拍遍阑干

记忆有失，我把分在两阕的两句连起来了，一时颇为懊丧。不过隔了些时，却给我一点新发现，这里的三联句可以看作倒装的三联句。“故乡”一句其实就是“云又迷漫，水又迷漫，故乡一望一心酸”。“天不”一句其实就是“昨夜春寒，今夜春寒，天不教人客梦安”。这一类三联句的双句和单句有对注关系，所以可以互换位置。看到云水迷漫，再结论到望乡心酸，这是顺行的。为什么不用顺行秩序，而用逆行秩序呢？在这里似乎逆行秩序的效果更强些。因为诗句以“云又迷漫，水又迷漫”煞尾，使读者最后浸沉在云水迷漫的怅望中，余味更觉永长。

却都一样是“也迷漫”。下半句是一重复，一启之后，又一启，而不见承，缺了一足。这缺陷，这偏倾，造成一种“悬案”的感觉，不得不待于第三句的出现来补足。第一句以同字钩出第二句，而一、二两句不成完整的配对的不能自足，又必然钩出第三句来。我们方才说律诗的对仗是静态的，因为两句的关系是力与反力的相持。这“三联句”的第一个特点是它的流动性：这里的力是同向的、顺向的，一波激起一波，向前推进。对仗像建筑里的四合院：走进大门，就可以一览其整体方正、庄穆、匀称的结构。三联句则像曲折庭园的布置：它节节诱你向前。三联句的第二个特点是它的跳级性。律诗的对仗是在一平面上的；在语法上限定名词相对、动词相对、虚词相对，就词义上说，分所谓天文门、地理门、人伦门、时令门等，同一范畴的事物相对始工。三联句不然：一、二两句固然有不完全的对仗雏形或残形，所涉及的事物是同一类属的、一个平面上的。像例中的“烟”和“水”，但第三句则跳升到另一个层次，由物跳到人，由景跳到情，从“烟”“水”跳到“天”“人”，托出前两句所潜含而未吐露的思绪。若仍用建筑作喻：四合院面面是房屋，以房屋对房屋；庭园则不然，走完长廊，穿过月门，便步入石山修竹之中，又一转，已在池畔，有天和水，有云和鱼，以建筑引到建筑之外。对仗在严格规律中有许多变化，三联句的变化就更大了，字数无定。同

拙政园的素荷

字可以在句首，在句中，在句尾，也可以在句首与句尾。同字也可以在第三句中再现。一、二两句也可以全同，像“依旧，依旧！人与绿杨俱瘦”（秦观《如梦令》）。或者并无同字，但仍有悬案的效果，以待第三句的收煞，像“春如旧，人空瘦，泪痕红浥鲛绡透”（陆游《钗头凤》）。

三联句中三句的关系使我们不能不想到辩证法“正反合”的关系。辩证法正是说明事物变迁和质变跃进的。我们或可把三联句称作“诗的辩证法”吧，或者“辩证式的诗句”。以这方法来写出入徜徉于三界的“三栖”的心，诚是再合手没有的工具了。集子里例子很多，我们且先拈出两个：

看你的唇，看你的眼睛
把下午看成永恒（《那天下午》）

第三句虽然也是“看”，却不是平列的第三条“看”。“唇”和“眼睛”是同类的事物，同层次的；“把下午看成永恒”乃从唇与眼睛跳到新的层次，从形象转向无形，从空间的物走入时间和超时间。前两句要等第三句的出现才获得完全的意义。

莲都睡着，星都醒着，我们在醒睡之间(《握》)

莲的睡，是天真无知的物在梦寐中，在蒙昧中。星的醒，是永恒的知在冷然凝视，作太上的慧观，具太上的无情。而人辗转在梦与醒、迷与悟之间，多情、多智，亦多烦恼。莲属物界，星属天界，“我们”属于两者之间的“人间”。这正是所谓“出入三界”的好例子。又如：

黄泉迢迢，红尘扰扰
碧落在两者之上，无动于衷地崇高(《诀》)

再举一个正反合的例子：

直到莲也妩媚

人也妩媚，扪心也有香红千瓣（《幻》）

一句说莲，说客物；二句说人，说主体。到第三句人与莲合而为一，亦人亦莲，即人即莲，不再能分辨，只是一片透心香红。

山举起寺，寺举起塔
塔在空中玩云（《遗》）

这里是利用了三联句的步步推进架起空间形象的游戏。

走出树影，走入太阴
走入一阵湍湍的琴音（《月光曲》）

第一句写树影，是阴暗的。第二句写月，颜色清凉冷冽。不用“月”字，而用“太阴”，无论在想象上或音调上都更接近“影”和“音”。“太阴”具有抽象的哲意，但究竟还属于视界，到了第三句“走入琴音”则只可闻而不可见了。

有一件事，比华清池还深
比剑阁还长
不能用白发，用白发来衡量（《啊太真》）

一、二句说“一件事”在空间上的更深、更长。第三句则说在时间上的更长，爱超越时与空。白发可以是此生的岁月，而爱更在此生之后，且在此生之前：“如果我们已相爱／那是自今夏开始，自天宝开始？”（《啊太真》）“想你啊真真，想如果你真真爱过／迟早你会记起／长生殿，那年，那年的我，和你”（《啊太真》）。

向悬着太初的抽象构图
升
你的灵魂

我的灵魂（《升》）

把集子中的诗反复吟唱后，就会自然地感觉这也是三联句的形式，只不过双句和单句做了颠倒。这组三联句也可以写作：“你的灵魂 / 我的灵魂 / 向悬着太初的抽象构图 / 升。”倒装的三联句还有别的，这里再举一个例子：

你立在风中
裙也翩翩，发也翩翩（《下次的约会》）

三联句是《莲的联想》的主要句式，要找例子可以说俯拾即是，但是因为结构样式变化多，所以不叫人感到重复单调。比如下面一例：

飘过来云，飘过去云
恰似青烟缭绕着佛灯
桥下粼粼，桥上粼粼，我的眸想也粼粼（《中

元夜》）

这里有两组三联句紧接着，但不特别指出，读者可能不会察觉到。通常情形，第三句是较舒畅的长句，字数多于一句、二句。不过也有例外：

飞来蜻蜓，飞去蜻蜓
飞来你（《碧潭》）

三句句法完全相同，似乎是平列的；就内容说，第一、二句写物，第三句写人，似不相干，然而在音调的回荡、意境的发展上，紧接入扣。蜻蜓引出人来，人收摄了蜻蜓。前后相接应，颇像电影剪辑中的“化入”手法，在倏忽的动态中两相幻叠隐现。第三句本该舒展，却出乎读者意料地缩短，只一个“你”字来顶替被预期的一组字。由于这反规律，“你”仿佛是用高压机压缩起来的，或者负载超重的，而产生了特殊的分量、力量。并且这突兀的手法巧妙地配合了“你”的突然

莫奈《绽放的睡莲》

地“飞来”，如“飞来峰”“飞来石”的离奇，而有“大二女生”的天真淘气。

三联句的例子不再举了，读过诗集的人还可以自己去发现。我们在这里要特别提出的是一种破格的三联句，因为乍看，看不出它是三联句的句式，需要一

些说明。按我们前边所说，第一、二句的近似，造设一个“悬案”，第三句则给予类似“答案”的收煞；但如果把第三句也劈为双句，“答案”就还变为新的“悬案”……如此，则读者的注意力又一次被作者捉住，像天方夜谭里的故事套着故事，听者只得一层层追听下去。这手法在《莲的联想》里用过不少次，我们可以称作一种“联锁的三联句”。譬如：

诺，叶何田田，莲何翩翩
你可能想象

此下诗人原可用单句煞住，然而却打开一新的双句：

美在其中，神在其上

此下似可煞住了，然而再转，又展开一新的双句：

我在其侧，我在其间

最后才以“我是蜻蜓”一收，回到叶与莲。第一双句是眼前所见，是物，是景。第二双句是第一双句的合，跳级到超越的层次，是理念的。第三双句是第二双句的合，投身到自意识的层次，是移情。末句是最后的合，一句类似冷然客观陈述的肯定判断。通过三联句的“辩证”结构，于是从物到神，从神到人，复由人入物，轮回迁化，那样自然，不费气力，而贯穿得紧凑。从有象到无象，从抽象返实象，从视觉到玄思，到省觉，到幻想，一节一转，一转一天地。诗人所谓“入三境”的企图在这里表现得最为显明突出，而这企图与工具——三联句——的运用达到和浑交融的境地。

为了佐证我们的说法，再引一个联锁三联句的例子：

惟仲夏的骤雨可饮，月光可餐
覆蛙于叶下
承蜻蜓于叶上，维持一池的禅（《啊太真》）

“骤雨”“月光”“饮”“餐”算一组，“蛙”“蜻蜓”“上”“下”算一组，显然可以见出骈句的倾向。第二双句可说是由第一双句导出的，从月和雨的全景镜头推进，逼出近景的特写镜头，让我们看见叶上蜻蜓的大眼珠、叶下青蛙的大眼珠，它们凝视色相世界，如痴、如悟。于此，第三句灵活地从视觉跳级到悟觉的层次去。

再举一个套接得较复杂的例子：

大哉如来——山举起寺，寺举起塔
塔在空中玩云
云去，云回，而塔巍巍，而山巍巍
山在如来的座底，如来的掌心

甄甄，我也倦了，倦于爱情
我倦如云，我卧如云
我欲卧如来的掌上，在大台风以上
在地震以上，战争以上，我卧如云

在时间以上。自释迦的廿六世纪

睡到那边的观音山不像观音

睡到观音也老，甄甄也老

一惚小寐解决小小的烦恼（《遗》）

我们几乎把整首诗抄在这里了，其实我们是可以抄下全诗的，因为整首诗可以说是三联句的变调发展，把三联打散、重编、穿插、颠倒……组织而成的。不只这一首，其他像《啊太真》《茫》《中元夜》《遗》《第七度》《升》《回旋曲》……也都隐隐以三联句为主要的组构形式。也许可以说《莲的联想》在构成上就是以三联句为基础。其柔情悱恻，上下求索，由物而人，由人而神，自生入死，自死入永恒，徜徉三界，都赖了三联句的妙用。

四

前面讨论三联句的两个特性——流动性和跳级性，是从语义、内容上着眼，现在再从音乐的观点看。

我们仍从律诗的对仗说起。对仗在律诗中的作用是把诗的造境提到更高一度的精练。试读杜甫的“丛菊两开他日泪，孤舟一系故园心”（杜甫《秋兴八首》其一），无论在内容上，在音律上，字与字之间的牵制呼应达到了绝对的关系、营造力学的关系，不容稍有修动，一动就牵及整个建筑间架。在组织上，对仗可说是律诗的纽结；在这里曲意达到最高潮，诗情翻为白热。我们试分析这一种紧张凝聚的意象是怎样造成的。

我们曾说过，对仗是力与反力相持，是静态的，至少从外面看起来，是静态的。在这里我们可以把“静态”称作一种“同时性”。力加在一物体上，那反力是在同一刹那间产生的。对仗的上句与下句就是这样同时并起而共存。第一句的造形有待于第二句的接应；第二句的造形也有待于第一句的逗留。“五更鼓角声悲壮，三峡星河影动摇。”（杜甫《阁夜》）上句呼唤下句，要求下句证明它存在的不虚；下句呼唤上句，在上句中觅出它存在的根源和基础。在音律上也同样：一边是仄平，一边即平仄；一边是扬，一边即抑，互为榫卯。一个旋律奏过，同样的旋律以对位法换成了负的形式再奏一遍，给人以阴阳齿轮交相吻合的感觉，也就给了人“同时性”的幻觉。我们当然不是说两句是同时写出、念出，而是说在存在的层次，在存在的形式上，两句有本体论上的“同时性”。读者欣赏的时候，也是依这存在关系把两句同时悬起、铺展而感受观照的。诗篇的进行到了这纽结上，仿佛停驻，读者从时间之流里站出来，盘桓纵览这神奇的峙立结构。

三联句的流动性，在这里我们换称作“配时性”。重复或部分重复的两个诗句造成半偏的情形：在语意上，造成“悬案”的感觉；在音律上则造成显明的节奏。“汴水流，泗水流。”“思悠悠，恨悠悠。”我们可以打着拍子歌唱。我们不是说没有同字，就没有节拍，当然也不是说律诗中没有节拍，但是三联句的第一、二句，字数少，字数同，往往每句只是两个字到四个字，韵位密，容易产生节奏效果，再加上同字占据在同位置，就成了以强明节奏为特征的乐句。但是乐曲只有海波击岸、周而复始的节奏是不够的，于是有待于第三句带来旋律。第三句较长、较舒缓，抑扬跌宕，和第一、二句的明板击节成为对照。在语意上，我们曾说三联句的一个特性是“跳级性”，从一、二两句到第三句有一“层次”的跃进。表现在音乐方面，即是从“节奏”转为“旋律”。

“旋律”和“节奏”都是在时间之内实现的，依配时间的，缩织于时间的，在存在的层次上，在存在的形式上是“配时的”。

我们从《莲的联想》里拈出几个例子。

月在江南，
月在漠北，
月在太白
的杯底（《第七度》）

这是同字在句首的例子。三个“月”虽不落在韵脚，却仍发生节拍的效果。有趣而值得指出的是，第三句同样以“月在”起首，接承第一、二句的节拍，而诗人有意在“白”字上换行，使第三句也截成四言，“北”“白”更暗暗相韵，读到“的杯底”时，才发现这是一个模拟节奏，把前半装扮为节奏的旋律。

古代隔烟，未来隔雾，现代
窄狭的现代能不能收容我们（同上）

这是同义字在句尾的例子。第三句里，“现代”的重复使第三句的内部也合了节奏。但这里的节奏不是接承第一、二句的，而是自己另起的，涵在旋律里的。

云里看过，雨里看过
隔一弯浅浅的淡水，看过（《观音山》）

第三个“看过”被用一逗号和第三句的其余部分隔开来。它属于第三句，但它是节奏字，被诗人从旋律中隔离出来，单独和别句的节奏字“看过”相呼应。而第三句的其余部分也就从节奏中摆脱出来，悠扬地自己绣织它的旋律了。读的时候，“隔一弯浅浅的淡水”在音调上、缓急上，和前后都似乎不同：浅浅的、淡淡的、远远的，音调吻合着语义。

五

三联句的“配时性”使三联句具有高度的音乐性。这音乐性在一首诗中产生特殊的作用。

诗人自己在诗集的《后记》里曾提到“文白相互浮雕”。在他要求综合各种对立面的企图中，必然也有糅合文白的对立的要求。“雨珠从树上垂直地滴落，我发上的十月是潮湿的。”（《莲池边》）这样的句子无疑是散文式的、说白的。在白话的说词中，出现了三联句的时候，就出现了较简练的文言，或接近文言的词汇语法；出现了有整齐样式的词的句型；出现了节奏和旋律相析离、相对照的作曲法；出现了不同层次的意境相排比、相含摄、相转移的“辩证”，而诗的内容、句型、音乐性到这里都同时起了质变。

植你于水中央，甄甄，你便是睡莲

移你于岸上，莲啊，你便醒为甄甄（《两栖》）

这两行极有意思，但读起来，是说白，是一种散文诗。接下去：

你是宓宓，你是甄甄，你入水为神，你出水为人

两栖的是你的灵魂（同上）

这里出现了我们所说的三联句，便由说而转为唱，由陈述变为歌赞，悠扬激荡着了。

也有在三联句中间插入说白的，那情形就很像曲里的衬字，说伴着唱，唱里有道白，交相穿插。我们把前面举过的例子整段录在这里：

诺，叶何田田，莲何翩翩

你可能想象

美在其中，神在其上

我在其侧，我在其间，我是蜻蜓

风中有尘

有火药味。需要拭泪，我的眼睛(《莲的联想》)

“诺”把一长段连锁三联句导引出来，作用有点像词里一类领启字：“念”“自”“算”“渐”……并且也是以去声唤起下面。但是更像衬字，因为更有独立性些。“你可能想象”是说白，把三个连锁双句太紧张的结构断一断，缓一缓；或者也可以看作接承第一双句的旋律，在半途翻为节奏，这要看我们怎样念法。一定有人会发问：这一长段的旋律句在哪里呢？回答是旋律被节奏顶替了。按原则，旋律句在“我是蜻蜓”。以四言的节奏句代替了较长的旋律句已使读者一惊，（我们也曾遇到过旋律句比节奏句更短的“飞来你”）感到节奏的专横把持，接下去是四句四言，造成节奏的垄断局面，这是从内容上决定了这样的形式的。后四句在语意上本是两句话，是说白的，被截断、倒装，变为四句四言，表现了情绪上的紧张，虽未必是哽咽的抽泣，却有一种凄恻的激动。

再举几个音乐感特别突出的例子，如：

睡到观音也老，甄甄也老
一惚小寐解决小小的烦恼（《遗》）

星朦朦胧胧，梦零零星星
醒着，你的灵魂……（《醒》）

你步向茫茫，我步向茫茫
相思如光年般细长（《诀》）

风更冷，夜更深，洪荒将更老
更高……（《升》）

只要稍稍留意，就可以看出在这些例子里作者运用了叠字、双声、叠韵、句脚韵、句内韵……种种文

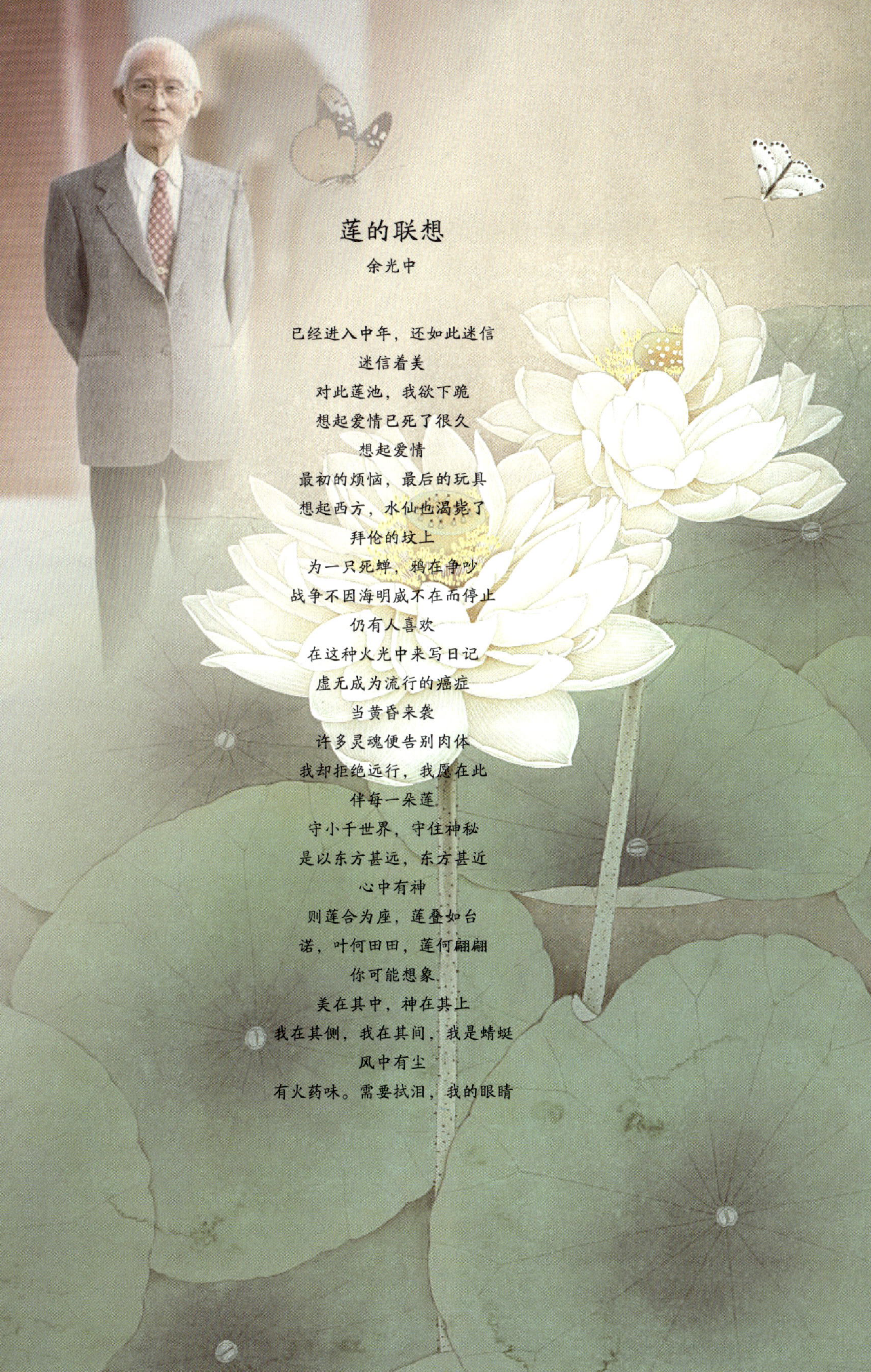

莲的联想

余光中

已经进入中年，还如此迷信
迷信着美
对此莲池，我欲下跪
想起爱情已死了很久
想起爱情
最初的烦恼，最后的玩具
想起西方，水仙也渴毙了
拜伦的坟上
为一只死蝉，鸦在争吵
战争不因海明威不在而停止
仍有人喜欢
在这种火光中来写日记
虚无成为流行的癌症
当黄昏来袭
许多灵魂便告别肉体
我却拒绝远行，我愿在此
伴每一朵莲
守小千世界，守住神秘
是以东方甚远，东方甚近
心中有神
则莲合为座，莲叠如台
诺，叶何田田，莲何翩翩
你可能想象
美在其中，神在其上
我在其侧，我在其间，我是蜻蜓
风中有尘
有火药味。需要拭泪，我的眼睛

字的音乐性能制作悠扬铿锵的效果。

六

艺术评论可以分两类：一是接受作者的企图和他选用的工具，就作者的企图讨论这企图是不是通过运用的工具得到充分的表现；就他运用的工具讨论这工具是不是发挥到最大的效果。一是批评作者的企图和作品的内容的。我本来也想对于《莲的联想》说一些关于内容和企图的话，但本篇写着写着，成为专论三联句的文字，无法再衍溢出去，其余的话只好留到另一个机会去说了。

原载《欧洲杂志》季刊第 6 期 1966 年冬季号

一首现代诗的分析

—— 林亨泰《风景（其二）》

风景（其二）

防风林　的

外边　还有

防风林　的

外边　还有

防风林　的

外边　还有

然而海　以及波的罗列

然而海　以及波的罗列

—— 林亨泰

一

这是一首常被援引为例子的诗，怎样的例子呢？坏的现代诗的例子。用以证明现代诗之荒谬，现代诗人之荒谬的。也有站在现代诗的立场援引来说这一种现代诗是不能满足我们的。是不是有人好好分析过这首诗，我不知道，至少我没有读到过。我愿在这里尝试做一分析。

分析一首现代诗无疑是一难题。到今天，诗发展到极大的自由，大概可以说你怎样写都可以，你可以自己决定诗的定义。而相反地，文艺批评在人文科学，即政治经济学、社会学、心理学、哲学、语言学……的发展影响下，走向科学性。它要摹仿科学的严密和具体，不是空泛地说“大气磐礴”“驱驰屈宋”以及“隔”与“不隔”一类的话。以极不自由去捕捉极自由，也就是要用一些机械的工具、很基本而可靠的原则，从极自由的诗中找出其仍不失为诗的规律来，并且确定其特色，给以定性式的结论。这“以有涯随无涯”式的作业是不是注定要失败的呢？批评家所用的方法是不是真能完全客观？如果其方法十分客观，那么必然是相当机械的。而艺术是主观的自由创造，一种客观而机械的方法能够把握到艺术的真髓么？方法尽管客观，文艺批评终是以一个主观去观察另一主观，其间，主观活动与客观方法发生怎样的辩证关系？……然而这些是关于文艺批评的哲学的问题了。我们现在要做的是文艺批评，那么在未着手之前，先别怀疑我们工作的方向及其可能性。做完之后，给“文艺批评”的批评家鉴定去。

我们将从客观的具体的事实出发。社会背景、历史契机、作者生平，等等，当然也都是客观的具体的事实，也重要，而且有兴趣，但这些是属于外围一层的事。直接和诗有关的还是文字写成的诗本身。本文将只就诗的文字着眼。我们将以诗的语法和词汇作为分析的对象，希望能紧紧切贴在诗的物质躯壳上，通过物质材料的分析而走到内容思想的分析。我们希望内容思想的分析是从物质材料分析的结论中引申出来的。

什么是我们所谓的内容呢？大致可以说就是古论诗者所谓立意、意境、品格、气象，等等，今论诗者所谓诗人的感受、主题、风格、世界观，等等。当然这些用语之所指颇不相同，但是就我们现在所用的观点说，这些都可以概括为相对于诗的物质形式的内容，是读者对于诗的总的观照，或者感觉，或者认识。我们并不摒弃这些，我们也要谈到的，但我们不愿一蹴而至，不愿读完了诗，把诗集关上，以两三句话总结一笼统的印象。譬如论杜诗，就说“浑涵汪茫，千汇万状，兼古今而有之”（《新唐书·文艺上·杜甫传》）。论李白，就说“自有天马行空，不可羁勒之势”（赵翼《瓯北诗话》）。这一种论诗法的极端的例子应是司空图的《二十四诗品》。他以一首诗去描写另一首（或一类型）诗。这是一种很有趣、惹人玩味的批评方法，或者说欣赏方法，但不是分析的。而论艺术，尤其论诗，很容易掉到这一条路上。这方法可以说是“比喻的”，是“联想的”，是“共鸣的”，以“浑涵汪茫”去比喻杜诗的风格，从太白的诗句联想到“天马行空”，乃至从一首诗的意境勾引起写另一首诗的灵感。分析诗并非写诗，用巧妙比喻来描写、模拟原作是和我们所谓“分析方法”相违的。

古人也并非没有试着从诗的物质躯壳去分析诗。特别在注释者身上我们看到这方面的工作。他们的分析大概可分三类：一、讲字汇、词汇与语义。谈如何炼字，如何为句眼，此字此典之所从出，等等。二、讲组织和结构，譬如说上句写远，下句写近；上句写所见，下句写所闻；此联写景，彼联写情；此句点题，彼句转折，等等。三、讲声韵。何声为昂扬以写欢乐，何声为低沉以写哀痛，等等。近人对这类工作不大注意了，大概认为这是枝节繁琐不关要旨的。诚然，如果这工作只是东鳞西爪地做，是把握不到诗的形式的必然规律的。我们希望有系统地、尽可能严密地去分析，运用我们现有的语言方面、语法方面、词汇方面的种种知识。而更为重要的是要把形式的分析导引到内容上的判断，使分析的认识和综合的感受相贯通起来，互相证明。

二 语法分析

做语法分析，主要工作是分析句子。要分析句子，先要把原文断读，把标点点定。原诗无标点，这当然是属于原诗的特征之一的。但是在分析的现阶段，我们应做一次标点。强为标点，我们就发现本诗之无标点，不同于一般诗的省略标点。本诗不仅无标点，而且排斥标点。诗的造句法和文法规则相扞格处至少有两个：一是“的”字的用法；一是“然而”的用法。前阕“的”字的用法使我们无法在句中嵌进逗号，后阕有个空处，却又不是通常逗号的位置。为了方便标点，我们不得不把原文做一些临时的改动。按正常语言习惯就改成了下面的样式：

防风林的外边
还有防风林，
防风林的外边
还有防风林。

防风林的外边

还有……

然而，海以及波的罗列。

然而，海以及波的罗列。

“然而”是一连词，应该联结两个子句，其下应该是第二子句，而这里“海以及波的罗列”不成完整的句子，所以仍然不合日常语言习惯。关于这一点我们以后再特别讨论。我们的标点样式当然仅是可能的样式中的一个，不会，也不必是最好的一个，但并无碍于我们的分析。因为经过这一标点，我们可以肯定其他的标点样式大概也不外是把全诗当作一句话。这句子是一个复合句，包含两个自相重复的子句。现在我们讨论这两个子句的句型。

先看“防风林的外边还有防风林”。

语法学家或把句子分为四类：叙事句、表态句、判断句、有无句。“他走了”是叙事句。“他很诚恳”

是表态句。“他是北方人”是判断句。“有他”是有无句。第一句是说主词所指的主体的活动的，或者此主体与外界发生的关系。第二和第三句可以合称为说明句，是对于此主体自身加以说明的。第四句是说此主体的存在与否的。“防风林的外边还有防风林”显然是属于有无句型。在这里引起我们兴趣的是这几种句型之间的关系，和它们在诗的语言中的作用。几种句型间的关系，似乎一般语言学家没有讨论过，只是把它们平列地分类。从逻辑上看，它们之间有着先后性。在我们能说“他走了”之前，我们先得知道“他是谁”；在知道“他是谁”之前，先得知道“他的存在与否”。在逻辑程序上，有无句先于说明句，说明句又先于叙事句。譬如我们讲一个小故事，必先说“从前宋国有一个人”（有无句），然后说“他是种田的”（说明句），然后说“他怕种下去的苗长不起来……”（叙事句）。不只是叙事，讲故事如此，在人类整个思维活动上，有无句也是最基本的思想形式，处在端绪的位置。哲学上最基本的命题显然是有无句：“太初有道”“有物混成”“神存在”“物质存在，有物质然后有思维”“我思故我在”……或者以否定形式表现，像佛家的“无念”“无相”“无住”“无情亦无种，无性亦无生”。

乍看，有无句似乎与诗颇无关，诗要描写事物之如何如何，并不只是说有某事某物存在。《诗经》里有不少有无句，像“野有蔓草，零露漙兮。有美一人，清扬婉兮……”（《国风·郑风·野有蔓草》）“南有樛木，葛藟累之……”（《国风·周南·樛木》）“有狐绥绥，在彼淇梁”（《国风·卫风·有狐》）。例子很多，我们不必再举下去。这些有无句的“有”的作用在于把要讲述的对象介绍出来，正文却在后面。我们称作“介绍式的有无句”。“有美一人”之下不能着一句号。“有人敲门”是介绍式的有无句，“有人”才是纯粹的有无句。就诗句的修辞说，介绍式的有无句法像讲故事，是不经济的、较朴质的表现方式，在诗的发展过程中就逐渐被淘汰了。这句式不是我们这里的情形。

纯粹的有无句只是说有那样一件东西存在，不再加任何描写，其特点是不合情感成分，至少表面上不透露情感成分。“防风林的外边还有防风林”，有怎样的防风林呢？防风林如何？都无交代，只是有着罢了。这样的纯粹的有无句在向来的诗里也有吗？有的。那是诗人要给读者瞧这样的事实，指出来“有这个”，其余让读者自己揣摹思索去。我们可以举杜诗里的几个例子：“路有冻死骨”（《自京赴奉先县咏怀五百字》）“江山有巴蜀”（《上兜率寺》）“上有无心云，下有欲落石”（《白水县崔少府十九翁高斋三十韵》）。当然在杜诗里，“有冻死骨”，读者很明白这是什么意思；至于“有防风林”，读者实在很茫然。这一点在分析的现阶段我们还不能解答。为什么说“有防风林”，要到分析完诗的其他部分才能明白。在这里我们只需要指出这是一个有无句。

现在我们看诗的第二阕，也即是第二个子句，我们已说过，“然而”应该连接两个句子，而“海以及波的罗列”没有动词，没有形容词，是不是一个句子呢？我们认为这是一种“缩写的有无句”，在我们说一件东西的有无或出现的时候，“有”字可以省略，像哥伦布的水手喊“陆地”，就是说“那边有陆地”“有陆地啦”。如果我们问午饭有什么菜，厨师说“白菜汤、红烧茄子、回锅肉”。他省略“有”字，只是把菜的名字开出来。把触动我们的事物一一列出而成诗句，律诗里就有这样的例子。杜诗里，可举的有“细草微风岸，危樯独夜舟”（《旅夜书怀》），“西山白雪三城戍，南浦清江万里桥”（《野望》）。陆游的名句“楼船夜雪瓜洲渡，铁马秋风大散关”（《书愤五首·其一》）也是这样的有无句。词曲中较多，马致远的“枯藤老树昏鸦，小桥流水人家，古道西风瘦马”（《天净沙·秋思》）是立即令人想到的例子。这些诗句只是把当前特别动情的东西命名出来，我们可以称作“命名的有无句”。把“海以及波的罗列”看作缩写的或者说命名的有无句，也就是承认它是一个句子，那么这首诗是两个有无句构成的一个复合句，“然而”的用法就有了着落。

假使我们把两个子句都改写成典型的有无句，把第二子句的缩写样式改为完整样式，那么就有了下面的样子：

有防风林
还有防风林
还有防风林
还有……

然而（那边）有海以及波的罗列
然而（那边）有海以及波的罗列

如果把两句都改为命名的有无句，那么就有了下面的样子：

防风林
防风林
防风林
……
然而

海　波　波　波　波

然而

海　波　波　波　波

经这改动，“然而”的用法虽然讲得通，意思则仍然晦涩。“然而”是说明两句话在意义上的转折的，但是两个有无句之间可以用“然而”吗？回答是：可以。意思是什么呢？这时两句所造成的对立不是意义上的对立，而是指两个存在物的对立。“吴有周瑜，然而蜀有诸葛亮。”“有神，然而也有魔鬼。”所以这里的“然而”是指“防风林”与“海以及波”的对立。这一首诗可以简化到最简单的样式便是：

防风林

然而

海以及波

分析到这里，我们可以说：这首诗是以两个“存在句”描写两个存在物的对立的。

三　词汇分析

讨论本诗词汇的运用之前，我们先把诗中所用诸词的词性分类一下：

名词：防风林　海　波的（名词所有格）罗列（动词转化来的名词）

动词：有

位置词：的外边

副词：还

连词：然而

介词：以及

于是我们立即察觉这里没有形容词，也没有描写性的副词。这是和一般诗很不同的。有一种关于诗很普遍而错误的见解是：诗必须荟集美的词藻。像“苍翠”“清彻”“灿烂”“迷蒙”“庄严地”“悲壮地”……写出来就眩人眼睛，似乎诗里有了它们，就相当保险地是诗了，这里根本没有这许多“有诗意”的装饰品。

当然也有很朴素的字和词，口头上，散文里也都用，但用到诗里之后，就附着了新的意义，或是代字，或属比喻，或属象征。譬如以镜代月，这是镜的另一义。譬如“灰”是一很平常的字，但在“心死著寒灰”一语中有了新的意义。我们不是说在口语中，在散文中，字和词没有比喻或象征或代字的用法，而是说在诗里这些用法特别重要、特别多。如果我们试翻现代诗，往往整篇是一比喻或象征，或者整篇是一连串的比喻或象征。无比喻的描写的诗，是很稀有的。这首诗不然。所有的字与词都是原义的，“林”“海”“波”就是“林海波”，不象征什么、比喻什么，也不被象征、被比喻。关于这一点，在讨论名词的时候我们还拟作进一层的分析。现在先谈动词。

法文把“文的魔力”称作“动词的魔力”，La Magie du Verbe，动词在中国诗里也有着特别的重要性。诗话中所谓“眼”大抵都是动词。“推敲”正是推敲两个动词：“推”与“敲”。“春星带草堂”“月涌大江流”“春风又绿江南岸”……诸名句都是在动词上惊人的。在这首诗里动词只有一个，极普通而常用的“有”。这动词有两个意思，一是“占有”“拥有”，譬如“他有一幢房子”；一是“存在”，譬如“门前有五柳树”。在这里用的第二个意思。“有”字之前没有附加任何描写性的副词。“还”字是副词，但只是“再次有”“又有”的意思，对于“有”之样式、状态没有一点描述。到了第二个子句，甚至连这一“有”字也省去。从这里可以看出这诗用字的朴素到了连推敲的余地都没有的地步。所有的字都是功能性的。（建筑学里所谓 Fonctionnel，指根据功用设计一件东西的样式，决不加任何多余的装饰。）

关于连词“然而”的特殊用法，我们在前节里已经提到。这里我们就词汇学上再说一点。和“然而”同义的连词有“但是”“但”“然”“而”。作者不用单字词，而用力量很重的“然而”。这和后面的介词，不用单字词“和”“与”，而用了力量很重的“以及”是有同样作用的。连词和介词可以合称关系词，有语法学家把它们合起来讨论，称为“联结词”。在一般情形下，我们觉得还是有分开的必要，但在这里，合起来看待，却有特别方便而令人易晓的地方。“联结词”或“关系词”是结合词与词，或句子与句子的。它们是诗句里的关节、句义的杠杆、思想的骨干间架。在散文里，它们是思维的逻辑进程的主要组成部分。但是在中国文字里，关系词的有无有相当大的伸缩性。在欧洲语文中非有关系词不可的地方，在中文往往可以省略，只把两句话并列了，听的人自然明白。譬如我们说：“雨大，所以他没来。”也可以简单地说：“雨大，他没来。”另举一个例子：“天行健，君子以自强不息。”这句话要翻译就很麻烦，两句话之间是怎样联系起来的？若要加关系词，加什么呢？“故”？“则”？“而”？在欧洲语里至少要加一 et、and 才连得起来。在中国思维习惯中并不需要。有人认为中国文字不够有严格的逻辑性，这大概是原因之一，这一点不属于我们讨论范围之内。在诗里，这关系词可有可无的伸缩性引起一个很有趣而值得注意的现象：诗中修饰词的数量和关系词的数量成反比。这本来也是可以理解的，凡关系词多的诗，思维间架就突出，诗人侧重说明甚至议论，装饰词则自然减少。在描写词多的诗里，感受材料较繁富，诗人侧重抒情，则思维间架隐藏起来，关系词也随着减少或消失。在这首诗里，一方面我们看到装饰词减少到极度，另一方面我们看到关系词被夸大，变为注目的关键的成分。如果把关系词特别抽析出来，诗就呈现为下面的样子：

A　的外边（还有）
A　的外边（还有）
A　的外边（还有）
然而　B以及C
然而　B以及C

整首诗几乎像一推理公式。

最后我们讨论本诗的名词。名词在没有形容词加以修饰，或指示词加以确定的时候，至少有两种可能的用法：一是概称用法，泛指一类族的所有成员的。譬如“人都有死”，这概称一切人。另一用法是抽象用法，指那东西的本质特性的。譬如“人的尊严”，这里的“人”不是指人这族类的具体成员，而是指足以成为“人”的特质或本质的“人性”。两个“人”的内涵不同，外延也就不同。有的人尽管也圆颅方趾，具备了人的外貌，可以归属“人”的族类，但被指为“人面兽心”“衣冠禽兽”，而不再定义为“人”。常语骂“他不是人”，就是这意思。还有第三种用法，是前两者的合一，是把第二种抽象概念的用法用到成员上去。譬如说：“书，我带来了。”这里只说一个“书”字，不说“那本书”“你想看的那本书”“你忘在我家里的书”等加以确定，因为对方明白是指什么书，所以在当前的情况下，定义的书就只是这一本。内涵是定义，外延则独一仅有，颇像中世纪神学中所说的“天使”，是只有一个成员的族类。这首诗里的名词都是依第三种情形运用的，因为第三种用法在内涵上是定义，所以具有第二种用法的一些特性。

我们回头稍看第二种用法。因为其内涵是定义，所以用起来是把定义提作标准评价对象的。我们说“他真叫朋友”，而不说“好朋友”“有义气的朋友”，因为这里“朋友”不泛指一切知己以及酒肉的各种朋友。“朋友”的定义包含忠实、有义气、能慨然相助，等等，加了形容词，则只取定义中的一面，力量反而减弱。第二种用法之有效用，是因为把握名词的定义，从而把握事物的本质。在我们说“人的尊严”“法令就是法令”“非常女人的女人”……虽然我们没有对“人”“法令”“女人”等下定义，但我们默默承认确乎有一定义存在，在这些词的后面充实着、支持着，我们感觉得到那用语的表现力。名词从概念的层次提到理念层次，从日常现象世界提到柏拉图的理念世界。

第三种用法虽然不纯粹为抽象定义的用法，但有那倾向，获得抽象用法的力量。在这一首诗里，防风林就是防风林，海就是海，波就是波，是我们了解的定义下的防风林、海和波，不是“绿色的防风林”，不是“月夜的防风林”，不是“晚秋萧瑟的防风林”……

"绿色的防风林"就不再是本质的防风林。"绿色的防风林"是防风林的一种相，也就只限于那一种相，不再能表现防风林的本然面目。这里使我们想到公孙龙的"白马非马"。在那里公孙龙做名学的分析，是逻辑推演的结果，但从诗的观点看，这分析也有效：白马非马，绿色的防风林非防风林。

这诗要述说存在的本然样子，不是某一时辰、某一季节、某一特殊情况下的事物，所以这里的名词可以称作"描写本然存在的名词"。在我们想象里勾引起来的林和海，没有阴晴风雨种种陪衬的效果，也没有苦乐悲喜种种移情的点染。

也许有人说，没有阴晴风雨的林和海如何叫人想象呢？有一件实物摆在那里，就必然有光影色彩的效果的。那是接受了传统西洋画的偏见了。只要想一想中国古代人物画，或者近代某些画派，就知道特定的光线并不是画中非有不可的要素，而存在我们想象活动里的事物更不是以一帧五彩照片那样出现的。当然抓住这一点，有人认为这做法是"反艺术的""反诗性的”，艺术要追求形象性，要给读者以视觉上（或其他感觉上）以强明的形象。我们的回答是，这一首诗也有一种形象性，但不是印象派那样色彩缤纷的。它传达的形象性偏重在位置上，几何空间里的关系上。这意味着什么，是我们在下节讨论的。

也许还有人说，没有移情描写的事物如何能作为诗的对象呢？诗必然是抒情的、有所寄托的，把情感抽走，还有什么诗之可言呢？诚然这里没有我们平常所谓情感，没有死别、重逢、生的欢喜、愤嫉的呼诉、理想的渴慕……当然抓住这一点，有人可以说这诗是“反艺术的”“反诗性的”。我们的回答是，这首诗诚然没有那许多慨慷与悱恻、战栗与激动，但诗人写出了另一种心理状态，在痛哭与酣醉之外的。这心理状态是怎样的，是我们在下节试着讨论的。

我们在开始就说到，我们是以诗的文字为分析对象的，我们要紧贴着诗的物质躯壳进行，所以我们虽然已经接触到诗的主题、内容方面的问题了，读者已经发问：“这诗到底要写什么？”“这诗到底传达了一个什么意境？”我们还得请读者有一点耐性，我们还是“咬”在文字上分析下去，到时候，内容的特征自当呈现。

四　两阕的关系

我们在第二节的结尾说：这首诗是以两个存在句描写两个存在物的对立的。

在诗分为两阕这一点上，就可以见出作者的用意。前阕说防风林，后阕说海，两阕的连接靠了连词“然而”，确定了它们之间的关系。在大结构上，这是显而易见的。

我们又曾从语法上分析过“然而”的用法。我们说：两个存在句用“然而”相连，是表示两个存在物之间的对立。

但是作者对于防风林、对于海都无直接的描写，它们之间对立的迹象在哪里呢？

作者以一存在句说林之“有”，林也就是以这存在句的样式存在于诗里。或可说，林以这存在句的样式存在于诗中。同样，海以另一种存在句的样式存在于诗中。林句有林句的特征，这特征也即成为林的存在的特征。同样，海句的特征即是海的存在特征。林句和海句各具不同的格式，互相对照，也即是林和海各具不同的存在样式，互相形成对立。

前面我们已经分别讨论过两个存在句的许多特点，现在再从两个句子的句意方面做一些比较对照。

（一）敲击和旋律的对比

第一阕作者把中国文字中一个有很特殊性质的字“的”，做了很特殊的用法。“的”字接连名词像挂列车，可以不断地挂下去，“我的弟弟的朋友的父亲的小说的主人翁的……”诗中的用法虽然不同，但也是用了“的”把已说完的话又拉起。三个重复的子句于是连成一片。这“的”字的用法一方面不合乎中国文法，一方面又似乎很合理。中国文字本少代词，在西洋文字中用代词的地方，中文往往重复同一名词，常使人感到累赘。我们为了标点改动原诗的时候，就多增了两个“防风林”。作者少用了两个“防风林”，使人感到是一可以被允许的诗的经济手法。第一阕的三个子句经过这一变动，既然变成一个长句，本可一气读完，但在排列上却又被切散，截作断断续续的三言、一言、二言、二言……于是全阕在朗诵时造成小鼓式的敲击。至于第二阕虽然在语法结构上不成整句，但在朗诵上反是完整而舒畅的，造成管弦性的旋律。

（二）动态和静态的对比

第一阕三言、一言、二言、二言的周而复始，像波浪的起伏跃进，人似乎可以看到风拂过林梢而激成麦浪的律动向前推移，仿佛林不断地把自己拔向前去。林本是静态的，却用了动态的方式写成跳跃疾走的东西。“防风林的外边还有”重复三次。“然而海以及波的罗列”重复了两次。两种重复性质不同。第一阕的重复是“传递式”的：第一个防风林、第二个防风林、第三个防风林是三道不同的防风林。第二阕的重复是“踏步式”的：第一个海也就是第二个海。说第一个海的时候，海已全部展现。说第二个海的时候，是把海再一遍勾描。像写字写好之后再改再描，那一笔即成僵笔，那块墨即成死墨。而在这里，作者有意把海写成钉牢的平面。讲波用“罗列”，也是把波当作静物去描写。海和波本都是动的，却用了静态的样式去写成界画静物，仿佛海和波都凝止在那里，像一块洒着白花点子的蓝玉或青色大理石板。

前阕的句子重复了三次，是单数，是瘸着的、不稳定的，而且截断在“还有”上，语意未完，悬着。在我们试作标点的时候，阕尾增加了省略号。本来已具动态特性的句子更具了“待续”的特性。像电影里把描写的运动的镜头中途刹断，在观众心里，那运动仍然不停地在进行。后阕两句，是双数，稳扎扎立着。唯一的动词“有”也留在第一阕。在第二阕就只“命名”地摆设着海和波，像清点家具：“方桌一张，靠椅四把，花瓶一只”，更加强海和波的静物性来。

防风林　的
外边　还有
防风林　的
外边　还有

防风林　的

外边　还有

我们可以感到防风林如何模拟一种散兵横队的攻击，一排、一排、一排，还有、还有、还有，向前滚进着。

然而　海以及波的罗列

然而　海以及波的罗列

而海和波是有绝对把握的守备者，壁垒工事森严地展延开，沉着准备应战。试看诗句的排列，前阕的整个形体是横的，向左进行的，而中央裂开锯状的缝罅，像狼牙的上下交错，后阕相反，整个形体是直立的，像城壁。

林真是好战的吗？海以及波真是尚武的吗？不。说林与海有着交战关系一定是有过解之嫌的，并且这种比喻的说法也是我们要排斥的。林只是立在那里，海也只是平铺在那里，都只是存在着。然而既是存在着，就有存在的样式，就有不同的存在样式，就有互相对峙的局面。诗并不要我们从这对峙关系想到其他。我们在前节曾说到，诗人只执着于林和海本身，并不要从林和海比喻开去，象征开去。林即是林，定义的林；海即是海，定义的海。对立是处在存在层次上的。说这对立是相反，相敌固可，说是相成，相吸引也可。但说相敌，那冲突犹未发生，说相吸引，它们尚未接触，作者只以一散文性的、陈述性的语调说出这一种紧张的相峙情势。

如果读者想在这首诗里寻找古典主义的美，或者浪漫主义的热狂，或者象征主义的神秘，或者写实主义的训诫……当然是要失望的，由这失望的无所措而做“这诗毫无道理，荒谬”的判断了。这诗没有这些。林是林，也只是林；海是海，也只是海。作如是观，世界处在一个存在的起点上。诗要求把握的是世界的基本的存在形式。我们或者可以说是一种“存在主义的意象”。在这基本存在的阶段，感情犹未萌起，色彩犹未发生，世界尚未华丽，也尚未悲惨，戏剧尚未开演，但有了即将演出的屏息紧张。存在刚睁开眼看，竖起耳听，意识里刚醒起初始的观测和询问。这里是林，那里是海，在这之间人将要活动起来，而在人尚未活动之前的阶段上，我们只能说："这是林，那是海。"这样的话无情感色彩，但就预期未来的活动说，心理不是冷然平静的，并且，即便不说对于未来活动有期待，单是对目前存在的不同事物的观照，也已造成命名、比较、追究……复杂的心理活动了。所以我们在前节曾说，这首诗不写我们平常所谓"情感"，而写一种特殊的心理状态。若借用《中庸》的半句话，可以说是"喜怒哀乐之未发"。我们看到"林"和"海"的基本存在样式，在我们心里勾起观测、认识，引起一种心理的紧张、情绪的紧张，但究竟是喜，是悲，则只说不上来，只是一种"存在的警觉"。也正因此，一切形容词、形容性的副词都用不上。形容词和形容性的副词都多少黏附着我们的情绪，只说一"草"字是中性的。说青草、芳草、浅草、深草、野草、荒草、秋草、衰草……就含了情感成分。在"存在的警觉"里，抒情的用语是没有的。所以这首诗的描写就只有数量的与几何位置的述说了。我们在前节曾说，这首诗之为形象化，不是拟造写实的图象，而是说明“几何空间里的关系”：这里有这个，这个的外边还有这个，那边有那个，那些东西罗列着。这种观察是人的基本认知，数量和位置在康德的认识论中是感性认识的基本形式，是产生代数和几何的基础。换个说法，也就是现象世界事物存在的基本样式。

这首诗不是悲观的，亦不好说是乐观的。说乐说悲，都已落入情感的范畴。它超于悲乐之上，处于悲乐之前，含蓄着一种生的欲求、存在的意志。

文字是朴素的、散文的，带着原始性。造句法在文法规律之外、之前。作者以语言的结构形式写出了他所观照的世界的结构形式；诗的结构形式吻合于这一世界的结构形式。

五　诗的音乐性

同属于语言躯壳，但与以上所论完全不同的一方面，是诗的音乐性。从这方面着眼，我们也找到许多可以印证前面所说的特点。

前面已经提及的是第一阕与第二阕在节奏上的不同。第一阕的三个句子由于“的”字的特别用法，连成可以一气念完的长句，而又经打散，成为一通断断续续的小鼓。按照诗行排列准确地念出来，颇像跑后上气不接下气的报告，这也是符合我们所说“林”的动态的描写的。若算节拍，前阕应是一节两拍。“防风林　的　外边　还有”共有四小节，“防风林”较急，三字两拍，“的”字单独占两拍，“外边”“还有”各是两拍，都是一字配一拍。所以在节奏上有紧有弛，忽急忽缓，给人以断断续续的感觉，在“的”后的虚拍上给人以期待的悬起。第二阕的诵读法完全变了。每节三拍，拍拍配字，整齐均匀，读起来落实、平稳而舒畅：“然而海，以及波的罗列。”

如果从呼吸换气上论诗，这首诗虽短，气却很长。总起来是一句话，应该是贯注到底不换气的，给人一种坚持贯彻的气势和力量。前阕的断断续续给人以急促和紧张并不是气短，呼吸并未中断，这急促一浪逼一浪，逼到高潮时，推开后阕的舒畅跌宕。

如果从音步论，前阕应算作“扬抑格”，重读在第一字。开首的“防风林”，我们只算两拍，这两拍哪一拍重，不易说。但显然“外边”“还有”都是重在前一拍的。而我们读到第二个“防风林”的时候，就很自然地把重音放在“防”字上了。后阕应算作“抑抑扬格”，重读在“海”“波”“列”。所以两阕的对比性在这里也见得出来。

从声韵看，诗句循环重复，无所谓押韵。我们不能说“林”和“林”押韵，“列”和“列”押韵，但是韵本是同母音的音响的再现，造成节奏，若诗句本身反复，形成节奏，当然就没有了押韵的问题了。字与字之间有许多声韵方面的关系，也还值得提出的。诗以“防风”起，以“罗列”终，都是双声。“波的罗列”的“的”字是一轻声。如果略去不算，余下“波罗列”中央的“罗”字与上字“波”为叠韵，与下字“列”为双声，应前呼后，振荡交响。紧接前面还有一叠韵“以及”。所以第二阕

除了“然而海”，一顿之后，是一片双声叠韵的交相迸激。

就全诗发音的轻重说，第一阕念出来，最响最重的一个字应是“还有”的“还”；其次是“外边”的“外”。“还有”居在循环周期之尾，“有”字既是轻声，“还”字就越显得突出。第二阕最响亮最着重的字是“海”。把重音字析滤出来，诗就变成下面的样式：

……外……还……

……外……还……

……外……还……

……海……

……海……

“外”“还”同韵，“还”“海”同音。所以在前阕的声浪里（或可说林隙里）已隐约地暗含（或可说闪烁着）“海”的出现。“还”是阳平，读起来较促，而悬起。“海”是上声，四声之中最长，较强而落实。

三个“还”字成为“海”的先声，“还，还，还，海，海”，“海”一旦出现，响亮宏大而延长，果然是海的展开。

“海”与“嗨”近似。“嗨”是中国语言里一个甚有分量的感叹词。发“唉”“哦”“啊”“哟”，都只是声带和口腔各部运动而发出来的。“嗨”则是要从胸腔深处费力吹气吐出来，似乎要掀开胸中压迫着的重重积郁。和“嗨”发音类似的有“嚇”“哼”，也是从胸腔里吐出来，而表示深的不平、愤慨的。这诗没有抒情描写，没有形容词，没有描写性副词，当然更没有感叹词存在的可能，但这里的“还还还海海”却造成潜在的感叹效果，贯穿在前后阕。于是一首表面冷静的散文式的存在命题的诗，竟然像电报密码，暗藏了激烈的呼喊。

我们曾多次把诗句拆散、改动，换写成另外的样式，现在应该还原了，让读者重新自己读去。可与在篇首读时有了不同的感觉？读者自己的发现，是我们愿意知道的。

防风林　的

外边　还有

防风林　的

外边　还有

防风林　的

外边　还有

然而　海以及波的罗列

然而　海以及波的罗列

附记：

本文写好后曾给妻一看，她看了以后说，现代心理学讨论“象征”，以为水一向是女性的象征，树是男性的象征，在这里岂不暗合吗？乍听很有意思，细细去追寻更有许多发现。树——防风林正是以动态去描写出来的，而“防风”也暗示着防御、保护、战斗的气息。水——海正是以静态描写出来，呈示她的所有。男性和女性的对立不正是存在的一种基本对立吗？他们互相排斥，互相吸引，互相完成。同时我也就察觉出“典型的有无句”

和“命名的有无句”的感情上的差别来。典型的有无句是冷然客观的叙述：“有……”，而命名的有无句往往带有感情。（这里我们说感情，仍不是喜怒哀乐，等等。是一种吸引、一种呼唤。）当然也有不带感情的情形，像我们举过的厨师报菜和清点家具的例子：“方桌一张，靠椅四把……”但在表情的时候，则是浓烈的。我们曾把这首诗简化到最简短的形式：“有防风林，然而，海以及波。”如果在这形式里换掉“林”和“海”，改写一下，譬如：

有少年
然而
少女

或者：

有父亲
然而

母亲

我们可以感觉出两种有无句不同的作用。“有父亲”是叙述，“然而，母亲”则我们是走向母亲的一边去了。

提出了本诗的象征性，当然对于本诗的分析，又拓新的视界，可以再辟一章去写。但是我们原定紧贴在诗的文字躯壳上讨论，从文字语言方面着眼，这里提出的则是心理学范围的问题了。我们只附记在这里以提醒读者。

关于本诗的象征性，乃至于本文中所提出的某些意见，很可能有人说有些牵强附会吧，可能作者自己也未想到呢。我们可以这样回答：现代的批评倾向是以艺术品作为对象的。艺术品一旦完成，就离开作者成为独立的存在物了。它发生作用，发生怎样的作用，不是作者所能预料的。作品的命运不是作者所能左右：读者从作品中发掘出来的东西，也不一定是作者有意识地放进去的，也正因为这一点，所以作者对于批评者的话有好奇的期待吧。

我怎样写《一首现代诗的分析》

近日彰化县寄来《林亨泰研究资料汇编》上下两册，才看到游唤先生的《一首诗问题的问题诠释》。

我感到有不少话要说，但我想只就比较重要的谈一谈。

一　好诗与坏诗

文中有这样一句话：

> 撇开以上的读法不谈，当前迫切的问题是，林亨泰这首诗是不是好诗？

这话很令我吃惊，至少我认为我对诗的看法和这一种看法是完全相对立的。我当然也有好诗、坏诗的观念，对于某些诗我也认为是“坏诗”，乃至“不是诗”。但是我以为这是很主观的评语，并不构成一个“迫切的问题”，更无法找到客观的标准来评定。

我记得当时此文发表时，我住在苏黎世，拿给一位老朋友看。在苏黎世他是我唯一的中国朋友，但他是学结晶学的，大约看得很辛苦，后来问我：“这首诗到底好不好？你说了半天，我还是不知道。”

其实，我写了那么多文字，当然认为这是一首好诗，否则不消说什么。

但是，“是不是好诗”绝非一个迫切的问题，好诗和坏诗并不是黑白分明的，好诗并不带有任何印证，一见便可以认出。

但是游唤先生以为不然，他认为好诗就像电影里的好人，一见便可以认出的。首先就得用“诗的语言”，什么是诗的语言呢？他说：“简单地说至少要是比喻性的语言，也就是一种‘代替’与‘转换’的功用。”

这种想法自古有之，以为说明月必要用玉盘、蟾宫、桂魄……一旦把这样的代语填入，便俨然诗意盎然了。

文中引了《分析》[1]，指出林海即林和海，不比喻，无象征，于是说“既然如此，它简直就不是诗了”，这一点也使我吃惊。

诗的语言一定要用比喻么？“采菊东篱下，悠然见南山”有什么比喻？

用了比喻就是诗的语言么？朱自清散文诗《荷塘月色》11句中用了14个比喻，让余光中大加批评，说是“细读之余，当可发现这些比喻大半浮泛、轻易、阴柔，在想象上都不出色”。

所以比喻并不是诗语言的特征，更不是好诗的特征。

文中举了一个诗的语言的例子……读之言：“这才是诗的语言啊！”我读了，并不认为那是诗的语言。

二　诗的意义

文中又有：

1 《分析》，即《一首现代诗的分析》一文。——编者注江文乃一再诉诸技巧的探索分析，把作品意义暂置不论。

这也是我所不懂的，我的文章正是要探索作品的意义，而不去说它的好坏。我在《分析》一文的楔子里便说：

我们希望有系统地、尽可能严密地在分析，运用我们现有的语言方面、语法方面、词汇方面的种种知识，而更为重要的是把形式的分析导引到内容上的判断，使分析的认识和综合的感受相贯通起来。

也就是说这里不是为分析语言而分析语言，分析语言目的在找到语言后面的意义。游唤文说“语言似乎说了些什么，然后更多更多的也是语言说不出来的、文字描摹不尽的”。这话说对了一半，或者应该说这话是不对的。那说不出来虽然正在语言之外但是还要靠说出来语言的暗示出来，靠说出来的而存在。做分析就是要通过写出来的语言找出那 X，每个读者所找到的 X 不一定相同，甚至可以说一定是不同的，但也必有相同之处。

三 诗的实验

游唤先生是把这首诗归于坏诗的，他说：

> 《风景》一诗不过是一种新的实验罢了。

意思是不值得一提，当然更不值得去分析的了，但是实验的诗就一定是坏诗么？

而且任何诗都是唯一的，都是一个实验、一个尝试，都是一次性的，没有人能担保一定是一首好诗，倒是我的分析，诚然，是一个实验，在那之前我并未有过分析诗的经验，只是发表过一篇《论余光中〈莲的联想〉》。老友丁熊泉给我寄来一本杂志，其中刊出《风景》和一首比我更长一辈的有一定名气的作家的诗，两诗的风格截然不同。这位作家的诗十分华丽，充满比喻和词藻，很可能有人陶醉于那里的浓密的诗意的，但吸引我的都是林诗。我当时感到奇怪，究竟这诗的什么东西在吸引我，我于是有意要分析一下，原先只是由于自己的好奇心，并无任何要摆专家的意图的。

我承认对这诗的分析是受到新批评的启发。

但是我的方法是很特殊的，我认为针对一首诗我们必得发明一套特殊的方法来剖析。

四　解剖刀

“到今天，诗发展到极大的自由，大概可以说你怎样写都可以，你可以自己决定诗的定义。”也就是说每一个诗人都有他的诗的意境、诗的语言，他自己定一套诗的规则（或说游戏规则），就像今天的绘画雕刻，完全打破了传统绘画雕刻的形式。我们要做分析必得看此诗的特点去运作，如果自己先有个主见那么工作可能完全落空。比如有人以为诗一定要押韵，如果硬依这一条规则去分析无韵诗便行不通。

我以为分析一首诗就像做解剖实验，要根据解剖的对象去准备解剖的工具。解剖一只象和解剖一只蚊子当然要用不同的工具，解剖大象的眼睛和解剖蚊子的复眼当然要用不同的工具，有时得针对实物的特性打制镊子、剖刀。

* * * * *

有人以为可以定出分析诗的一般方法，我是怀疑的，所以我并不以为我的分析可以作为示范，可以应用于其他的诗。

林诗在语法上颇有不通之处，但这不通像毕加索把女人的脸扭曲，在扭曲中挤出新的意义。我分析“不通”的所在、“不通”的理由、“不通”所能蕴藏的意义。

* * * * *

读中国古诗也不能只带着一个标准，用王维孟浩然的标准去评林诗，便会得出杨大年“村夫子”的结论。要认真去分析，更不能在杜诗中寻找王维式的简净的手法，无论在词汇上（练字）还是在语法上都不得相同。

批评家首先要领会诗人的用心，要跟着诗人走，然后说话。诗人追捕好看的蝴蝶，批评家不屑地说：“唉，连一只兔子都没有猎到！”诗人要猎的是野鸭，批评家惋惜地说：“唉，把一只鹿放走了。”至于有的批评家想找一个评诗的普遍通则。我以为就像用秤来称重量，猎到大象的，是好猎手，捕到蝴蝶当然是最无能的了。

一首现代诗的谱曲

——谱《风景（其二）》一诗的示意

北海道防风林

写成《一首现代诗的分析》好几个月了。一晚，听了几段现代音乐的广播节目之后，忽然想到这一首诗很可以制谱。于是把如何配乐演唱的问题拟想了一番，觉得很有意思。这当然是很可笑的，因为我自己对于音乐了解甚浅。把我所想到的，偶然和一位音乐朋友谈起。他不但没有失笑，反供给了一些意见，使我大胆把这篇谱曲示意写了下来，至少可以算作《分析》一文的补充。倘若果真有作曲家看了，触动他的灵感，通过他的匠心，制出好曲；那当然是极其可喜的，这小文也就可以被忘却了，像建筑工程的脚手架，大楼完工时就可以拆除掉。[1]

诗的文句相当简单，根据这样的诗来制曲，是很理想的。诗应该通过咏唱得到新的效果。太复杂的文词需要人寻索词意，在文字上盘桓，不宜于歌唱。强为制曲，为了迁就字句，必然在表现上受到甚大牵绊；而曲子既成，音乐往往不免掩盖了文词的传达。文和曲不但不能相互引发，反倒相互障碍。

诗很短，为着读者的方便，我们再录在这里：

防风林　的

外边　还有

---

[1] 《一首现代诗的分析》是对林亨泰诗《风景（其二）》的讨论，曾载于《欧洲杂志》第9期（1968年），后收入诗评集《从变调出发》（普天出版社）。《谱〈风景（其二）〉一诗的示意》曾载于《创世纪诗刊》第34期。两文皆附入1984年出版的《林亨泰诗集》（时报出版公司）一书中。

防风林　的
外边　还有
防风林　的
外边　还有

然而　海以及波的罗列
然而　海以及波的罗列

——林亨泰

一　休止符　无声

在《一首现代诗的分析》一文里，我们首先提出来的问题是“标点”。我们曾经说这首诗不但没有标点，并且排斥标点。这首诗是赖空字（“空白”的“空”，去声）和换行来暗示休止，表明句内的顿挫的。如果朗诵，我们必须遵照空字和换行来停顿。于是我们也就发现“休止”在这一首诗中的重要性。单看头两行吧，一共 8 个字，休止有 4 处。

防风林○的○

外边○还有○

8个字对4个休止，可以说为二与一之比。可是我们如果朗诵出来，就会发现并不然。在时间上一个休止符实际占“外边”或“还有”的两字的拍数，也就是说：音符和休止符所占的时间是相等，是一与一之比。后阕稍不同：

然而　海○以及波○的罗列

字数和休止符数是三与一之比，但似乎休止符所占的时间也相应地长些，严格的比例较不易说。总之，这一点可以肯定的：从音乐角度看，这首诗的特点是休止符和音符有同等的重要性；乐句是由平等分量的有声部分和无声部分组成的。

这特点可能暗示一带防风林，一段隙地的交递关系，或者树干和树隙的交递关系……但音乐的意义超乎这一写实的作用。关于无声我们应该做一些申叙。

休止符当然是音乐中一个重要成分。描写音乐的文字大约都要提到“无声”的妙处，比如白居易《琵琶行》里的“此时无声胜有声”，但那只是在“凝绝不通声暂歇”时的偶用，在“暂歇”中可以叫人回味有声的意味。在这首诗里，则从头开始，音符和休止符便作等量齐观处理的。听者“听有声”，也兼“听无声”。陆机《文赋》中“课虚无以责有，叩寂寞而求音”说得极好，正是我们所要追求的：“寂寞”要能和“有声”一样实实在在地打在听者的耳鼓上。在凹形雕刻或穿空的雕刻，其凹处、虚处和实处、满处相对比，凹形的、穿空的部分，有其另一度的实在性。“听无声”并非神秘不可思议的，做到这一点的办法，我想很多。比如在听者预期音符的地方，把音符抽掉，让听者于听觉上跌在空档处；或者在原应休止的地方，把休止拖长，很长，让听者等得焦虑了、恐慌了，才接下去；或者多运用没有余音的敲击乐器……在这里，“无声”自始至终威临着，“有声”不断地从“无声”中诞生，也不断地为“无声”所吞没。

太始无名，也是太始无声。老子说：“有之以为利，无之以为用……有无相生。”他强调“无”的作用，喻以门窗的框空、盛器的含容、轮轴的承孔。无声把有声之所以为有声的基本形式托起来，一如无把有之所以为有的本质显示出来，也正像中国画是靠空白和墨迹的凑泊、角逐完成的。在《分析》一文中我们曾说，这诗所描写的世界处在存在的起点上。“存在刚睁开眼看，竖起耳听，意识里刚醒起初始的观测和询问。”这时候，“感情犹未萌起，色彩犹未发生，世界尚未华丽，也尚未悲惨，戏剧尚未开演，但有了即将演出的屏息紧张”。这是宇宙的浑沌和人间戏剧的交界区、无和有的交界区、无声和有声的交界区。这不是一带平静无战事的边防，作曲家将描写这里的不息的纠纷、列阵、偷袭、交战。

二　两阕的对比存在的对立

本诗分为两阕，两阕之间是以连词“然而”连接起来的，因此在意义上，前后有一大转折。乍看，这“然而”用得离奇荒谬，可说简直不通。但并不然的，在《分析》一文中我们很费了一些篇幅说明这“然而”的用法。我们说“然而”之前，“防风林的外面还有防风林”，是一个存在句，“然而”之后，“海以及波的罗列”，也是一个存在句。在两个存在句之间，也可以用“然而”吗？我们发现可以的。这是什么意思呢？这时两句所造成的对立，不是含义上的对立，而是指两个存在物的对立。我们举了两个例子：“吴有周瑜，然而蜀有诸葛亮。”“有神，然而也有魔鬼。”在这首诗里，则是“林”和“海以及波”两个存在物的对立，或者说两种存在形式的对立。我们并且发现两阕的表现方式有很大的不同，这使两个存在物在诗的形式中显现其对立的关系。我们现在只把和音乐有关的几点不同提出来。

（一）前阕是节奏性的，读起来是急促的、跃进着的，像马的奔腾；后阕是旋律性的，读起来是悠扬的、舒展的，像海鸥的滑翔。

（二）前阕的节奏既然如马蹄在地面上的腾走践踏，而后阕的旋律如鸥翼载飞载翔于浩阔之上，两阕的演唱应该放在人声发音区的两个极端：一边是最低的男低音；一边是最高的女高音。

（三）前阕每小节两拍，重读在前，在音步上是“扬抑”，前重后轻，有节节奋进而后劲不太足的急切费力的意味。后阕每小节三拍，重读在后，在音步上是“抑抑扬”，有安泰坚定、底力充实的意味。

（四）前阕句子的重复是“传递式”的，意思是，第一个“防风林”和第二个“防风林”不是同一道防风林。后阕句子的重复是“踏步式”的，意思是，第一个“海”和第二个“海”都是说同一个全部的海。这两种不同的重复应可以在音乐方面暗示出来。两种重复都有未完“待续”的性质，在演唱上很自然地要求“轮唱法”。这一点我们在下面还要谈到。

总以上所说，谱这诗应当考虑到两组对比：一是有声与无声的对比；一是有声之内，前阕的声和后阕的音乐性的各种对比。

三 唱 法

两阕所占据的音程部位在人声的两极端：男低音和女高音。但每阕之内，音的高低变化不必太大。本诗不是普通所谓的抒情诗。在《分析》一文里，我们曾说明，这是两句平铺直叙的最散文性的话。诗中没有装饰性的美丽词藻，没有惊叹词，没有比喻……所以唱法应该接近说话、道白，不，应该比说话更其朴实、稚拙、平淡、无华。两阕的对比即两存在物（林——海）的对比，这诗若也有一种戏剧性，那就是这两个存在物的“一种紧张相峙的情势”。这对峙局面本身是戏，是情节。在唱法上虽然只像说白，但因为第一阕极低，第二阕极高，这种深渊与天际的对比就造成紧张，也就是戏。通过错综的轮唱，有从天际坠到地面的陨落，有从深渊扶摇向穹苍的飞跃，有天际与深渊同时并行的、交响的召唤。这就是戏，一种反戏剧性的戏。

以存在句法描写存在的基本形式、原始形式，在情感上是处在悲欢离合之前的；在语法上，是处于文法规律之前的；在音乐上，也同样没有浪漫的抒情、精致的装饰，以一种原始的音乐构成来述说基本存在之相。

四 伴 奏

太始无声，在人类的乐器中最先打破这空寂的大概是敲击乐器。敲击乐器尚未能把无声完全排除，在每一个音之后，都残留一个小小的无声。空寂不断地窜扰进来。到了管弦乐器，就逐渐把空寂排挤掉，“无声”以休止符的角色出现。战鼓之所以有战斗的意味，固然由于它能催进心脏的跳动、呼吸的节奏，对于机体强加上一套铁纪律的节拍。但并不止于此，从存在的角度看，也是由于有和无高速的交错生灭，有声和无声的激烈冲突而造成的战斗的气氛。这里的无声不是消极的休息，不是休息，而是积极的对于有声反击、对抗，是有声和无声的高速的拉锯战。

用什么乐器伴奏呢？最适当的似乎是敲击乐器，但是像导演家布努埃尔（Luis Buñuel，1900—1983）在一个描写西班牙乡村节日的短片里，从头一通鼓敲到底，表现力怕太单面了。现代电子琴能发出一种不可定义的奇异的声响，似乎很能描写在人类直立起来，初醒的时候，在存在与不存在之间，在音乐与非音乐之间的摇曳、战栗。钢琴具旋律性能，又具敲击性能，无疑可以适当巧妙地采用。管弦乐器的特性好像和大量的休止相抵触，但把管弦乐曲的连续性切断，强加大量的休止，或者正给管弦以很出奇的效果吧。梆子、板是一类极朴质的敲击乐器，值得在这里一用，来发挥它们的特有性能的。

五 轮 唱

我们说过了，就诗的句意说，前阕是一句未完的话。在后阕开始时，前阕的话仍在那边继续进行。后阕是一句自身可以重复的话。因此环回轮唱是很自然而恰当的表现方法。在前阕和后阕的对比中，我们说两阕该摆在人的发声区的两端，如果是男声独唱，应该摆在他的发声区的两端，如果是男女分唱，那么当然由男声唱前阕，女声唱后阕，这也恰符合《分析》一文的《后记》里提到的那意思。

轮唱的办法很多，我们提供一个给作曲家当参考，但更重要的是给读者在想象中激起一些奇妙的幻想来，对读者也许是一种特别的感受吧！

一种电子琴的奇异的声响作为开始的标识。人类出现之前，星际时代质子的波。

一大段寂静无声。

以上是引子。

空寂中诞生出稀疏的敲击。如晚空里闪起一粒一粒的星。敲击渐繁，渐呈疏密，显现出节奏，渐有高低，而形成乐调。第一轮唱开始之前，男声做说白式的朗诵，只是：

防风林

防风林

防风林

海　波

海　波

只是简单低沉的“命名”。

第一轮第一阕：男声低音的朗诵。近乎一种劳动的呵唤，原始部落集体劳动的喘息的节奏。

第二阕：男声高音的朗诵。辽阔，一种在山巅、海涯向空阔的召唤。

第二轮第一阕：由道白进入合唱。由粗犷含浑而逐渐明朗嘹亮，由遥远低沉的合唱逐渐趋近，并分化为线条明晰的轮唱。

“防风林　的　外边还有”（男声独唱）
“防风林　的　外边还有”（二男声合唱）
“防风林　的　外边还有”（三男声合唱）

第二阕：女声轮唱。

“然而海　以及波的罗列”（女高音独唱）

“然而海　以及波的罗列”（二女高音合唱）

愈唱愈高，高入云际、天际。

第三轮：第一阕和第二阕交错起来，男声和女声交错起来，像两柄利剑上下左右的交锋。

第四轮：两阕同时进行，男声和女声错综着重叠起来。但由于休止符，有时男声单独出现，有时女声单独出现，有时乐器单独出现，也有时休止单独出现。各种可能的配合都有。总的感觉是男声、女声、乐器、休止交相并击，喷射出各种形式绚灿的火花图案。《老残游记》描写白妞所说的“让人耳朵忙不过来”。究竟这光怪陆离怎样制造，当然得靠作曲家的匠心的经营了。

高潮之后，有一段长的休止。像我们注视了强光之后，在黑暗里瞥见许多闪烁的幻象，在这一段空寂里，我们能听到激响后的负形。作曲家将以最经济的手法把这负形托出来。我们不能分辨耳边的音响是外来的声波，还是听觉神经的幻觉。

以后是真的寂静、虚空。一段完完全全的黑暗。

听者在惶恐中经验到死亡、坟墓、毁灭。我们知道至少有三种不同的无声：一是音乐未产生之前的无声，创世纪之前的无声；一是作品完成之后的无声，“诗成接混茫”的无声；一是作品内部的无声。第一种无声是作为万籁之母的无声；第二种无声是汇集了一切有声的无声；第三种是和有声相对立的无声，是存在主义者所谓在我们内部腐蚀我们的那个可怕的“无”，那战栗，那恐惧。这里的无声是第三种，是有声的死敌、存在的死敌。存在已经死亡。

第五轮：然而存在并未就此打住、绝灭。男声、女声、乐器都逐渐重新缓慢浮现。类似第二轮的曲意，但组成既被打乱，成为破碎、支离、颠倒。我们拾起来的是坠简、残碑、断簪、锈剑、血痕、白骨。台风之后的林，台风之后的海。然而在破碎、支离、颠倒中，我们仍能感觉到大地的重量、水的温柔、潮汐的节奏、生命的执着和再生。

第六轮：男声独唱。秩序恢复，林仍归为林，海仍归为海。依然是平静的、对峙的共存，而有新秩序新规律的异彩。原诗再一遍完整的朗诵。音色比曲首的朗诵浓烈，语调比曲首的朗诵肯定。有男组以饱满而低沉的“防风林　防风林……”做衬音；有女组以鲜明而遥远的“海　波　海　波……”做衬音。

剩下器乐，做物质性的执着和坚定的敲击。器乐渐没入休止，剩下得不到回声的以光年计算的大空茫。佛家所谓“真空”，然而“妙有”。一切都没有了，而一切都在。休止里含蕴着无量音的种子。等到听众终于发现乐曲已经终止，那是他们察觉腿已不听使唤、手臂有点发凉的时候，于是用力把自己摇醒，把自己远游的魂招回来。

1969 年

二倍距离

你的诞生已经
诞生的你的死
已经不死的你
的诞生已经诞
生的你的死已
经不死的你

一棵树与一棵
树间的一个早
晨与一个早晨

间的一棵树与
一棵树间的一
个早晨与一个
  早晨间

那距离必有二倍距离
然而必有二倍距离的

——林亨泰

这首诗在内容上有浓厚的哲学意味，在语言上则又颇为晦涩。一定有人觉得这首诗怪诞不可解，我现在来写这一分析文章，觉得这首诗很清楚明白，然而要解释，却不容易。

全诗的结构分为三节。

第一节和第二节有相似之处，却又不同。第一节说一个主体："你"，说你的生与死。第二节说"之间"。"之间"是两点之间的距离，有两种不同的距离：空间里的距离和时间里的距离。两种距离之间是打通的，因为时空本是不可分的。

第三节似是一个结论。

为了解释的方便，我们按阅读的顺序把诗句截为若干段，一段一段地去说明。从语法构成去看，第一节只是一句话，并且没有说完；第二节也是一句话，也没有说完，一段一段地去解释，只是不得已。

第一节

这一节说生与死。主词是你，这一句话说你的生与你的死。

——你的诞生

"诞生"在这里是一个名词。"你的诞生"抽象地指一个存在者（你）的起点，指"你"来到世间的这个事件。"你的诞生"只是一个主语，有待宾语的补充才是一个完整的句子。所以说了这个主语之后，这事件是否已经发生，或者尚待发生，或者已经落空（流产、夭折），我们都不知道。这四个字可能是一个作家在妻子怀孕后他写给未来的孩子的信的开头。

—— 你的诞生已经诞生

读到这里，一个句子已经完整。“你的诞生”得到了说明。我们知道“你”这个存在者不是假想的、期待着的，而是来到实际的人世间了。

所以这里的两个“诞生”——你的诞生已经诞生——好像指同一件事，可以被认为是无谓的重复，犯了叨叨的逻辑（tautology）的语病，其实不然。“诞生”（1）抽象地指一个存在的开端，“诞生”（2）指此开端已经成为事实。“诞生”（1）是名词，“诞生”（2）是动词。

—— 你的诞生已经诞生的你

在前面说“你的诞生……”是完整的句子，现在，又加上了“的你”，使原先的完整句式变成一个具有冗长的附加成分的代词“你”。这里的两个“你”也不是单纯的重复。“你（1）”只有作为对话第二人称的意义。至于“你（2）”则是“已经诞生的”一个存在者，你正是具体的，有血有肉，握着小拳头嘶喊他的存在的事实和权利的婴儿了。

——你的诞生已经诞生的你的死

看见生，理应感到生的可喜，家中有新生儿是一喜事。悲观而善感的人也许联想到生之苦，未来生活中的悲欢离合、艰辛和苦难。而哲学家看见生立即想到死，这是哲学家共有的恶疾。

叔本华说：人一降生便达到可以死的年龄。

海德格尔说：人一降生便步向死亡。

庄子借孔子之口说：死生亦大矣。

孔子本人则说：未知生，焉知死？

鲁迅在《立论》（《野草》）里讲了一个故事。

一户人家生了一个男孩，满月时，客人来祝贺，说了许多吉利的话。有一个却说："这孩子将来是要死的。"他于是得到一顿痛打。在生的时刻，说死的来到，当然是不合时宜的，然而这是一句真话或者实话。预言凶吉都是虚谎，因为一生中的苦乐顺逆都是不可预料的情节。至于生和死有必然的关联。可以预言存在者有个开始，便有个终结。陶渊明《拟挽歌辞（其一）》第一句便是"有生必有死"。这句话不会错的。只是这句话是说不得的。

——你的诞生已经诞生的你的死已经不死

人一旦知道自己的死，便祈望自己的不死。他明知死的必然，而死仍是他最大的恐惧和不安。人类搬动了巨大的岩石、木材建造金字塔、教堂、庙宇，用了最稀贵的金属与珍宝来装潢……都是为了祈求或证明"死的不死"。

人类又用了无穷无尽的语言、无穷无尽的文字、无穷无尽的唱诵与管弦、无穷无尽的形象与色彩来肯定、装潢永生的不虚。在这诗里，没有借助周密的逻辑或神学的说教来转化“死”为“不死”，而直截了当地写下“你的死已经不死”。

如果我们把句子“……已经诞生的你的死已经不死”改写为“……已经诞生的你的死亡已经死亡”，我们会觉得掉入无力、无意味、无意义。接着，“诞生已经诞生”一句说“死已经死亡”令人觉得同一个模式的叨叨逻辑，唯有“死已经不死”的形式是成立的，有跌宕，有突变，有诗的必然，诗人只能如此写，而诗句的必然带来命题的必然。

这里出现两个“已经”。“已经”（1）是表示过去式的副词；“已经”（2）是在未来中的过去式。这“已经”（2）并没有过去式的作用，乃是一种特殊的肯定方式，就好像说“这是预言，但是我的现在已经能够肯定预言：你是不死的”。这是以诗的语言说一个预测，说一个生命的信念；是一祈望，更是一坚信。

—— 你的诞生已经诞生的你的死已经不死的

你的诞生

这里出现了“你”（3）。它不是对话中第二人称的“你”，如“你”（1），也不是实际世界中的“你”，如“你”（2），而是“不死的你”。这“你”（3）只能是不死的，是超越的，是真际中的你。这里我们用“真际”来表示理念世界，你一旦诞生，则在理念世界里真正永存。

——你的诞生已经诞生的你的死已经不死的你的诞生的你已经诞生

这个真际世界中的你也有诞生，而且已经诞生，如“你”(1) 的诞生在人间。一如神之子进入这个真实的多难的世界，成为人之子；一如佛说“我不入地狱，谁入地狱”。

这诗句还可以延续下去。“你”(1)，“你”（2），“你”(3)……似乎在重复，其实在层层上升。“你”(1)

是未确定的；“你”（2）是进入实际世界的；“你”（3）是超越入真际的；“你”（4）是从真际返回实际的。每一次“你”的出现都是一次飞跃，累积前一层意义的内容。此处用真际是和实际相配的，真际指真理世界，实际指实际存在的世界。

实际的你与超越的你赖有一个一个“的”的妙用相承接、相环扣。你是实际与真际两栖的存在。你是在世间的又属超世间的。你有在世间的生与在世间的死，你又有在世间的死与超世间的不死。

第二节

这一节说时与空。

—— 一棵树与一棵树间

上一节说存在者的生与死。诗句类似一句抽象思考的哲学命题，不容我们做任何形象上的联想。连存在主体“你”也只是一个对话对象，如电话线那一端的受话者，并不给我们具体的形象。

这一节说存在者所据有的时空，不涉及存在主体。但是初读到“一棵树”，很容易使读者误以为这是句子的主词，因为在句子这个位置上通常是主词。读下去，“与一棵树”，又可使读者误以为两棵树是句子的主词。待读到“间”，才察觉两棵树只是两个座标，这两个座标构成一个空间的框架，在此框架之间将发生什么事。

再读下去，“的一个早晨”，读者以为这回碰到主词了，但下面是“与一个早晨”，那么这两个“早晨”该是主词了，却又出现了“间”。原来两个早晨也只是两个座标，这两个座标构成一个时间的框架。

在阅读过程中，读者期待主词，不断期待一个存在主体的出现，他被树与早晨轮替诱导。树与早晨相继要担任主词的角色，但即刻又相继幻化，幻化为时间与空间的框架。然而在它们尚未被“之间”幻化之前，它们在读者心里曾经一度是一棵树与一个早晨。

早晨是生命在时间里的一次苏醒，在时间流里的一个小的新起点、一次小的诞生。司汤达说：“人的一生是以许多清晨组成的。”早晨！查拉图斯特拉迎着灿烂的巨日走下山去的那个早晨；陶渊明不能为五斗米折腰，放舟归田园，“恨晨光之熹微”的那一个早晨；苏格拉底在夜宴之后，众人都醉卧不醒，而他整衣步向市廛、寻人论辩的早晨；孟子所说“鸡鸣而起，孳孳为善者，舜之徒也”的早晨；祖逖闻鸡起舞的早晨。然而这里要说的也并不是早晨，而是早晨与早晨构成的一段时间。

树是生命的象征。心理学家要认识一个人，让他自由地画一株树，那是他的投影。树是他的自画像。树！树向上空升起，向四方舒展，向深处寻找水源，与风雨日月鸟云对话。立在古村口，在古道边，在古寺前，在古墓旁，是坚忍守候的象征，是荫翳仁慈的象征。孔子说：“岁寒然后知松柏之后凋也。”庄子带着门人行于山中，见到的那大而无用的樗。尤利西斯锯断一株老橄榄树，用留下的根桩作床脚做了床。这是他和他的妻贝内洛卜共同的秘密，尤利西斯归来，从这秘密他知道了妻子的贞守，而贝内洛卜也识出了尤利西斯。然而这里要说的不是树，而是树与树构成的空间框架。

“一棵树与一棵树间的一个早晨”比较好懂，我们可以想象漫步在疏林里，树与树之间透过来淡淡的曙色，继之以缤纷的朝霞，继而射过来晚阳的光芒，这光芒由金色转为白热。在树与树的框架中，我们看见一段时间。

“一个早晨与一个早晨间的一棵树”费解些。树的特点是它的静止不动，是时间流过去。树在时间长流中告别一个早晨，又迎接另一个早晨。两个早晨之间有白昼与黑夜，它默默地生长、吐芽、开花、落叶，告别一个春天，又迎接另一个春天。有年轮暗暗记载它生命的历史。树正因为它的静止，大概比我们更能领会时间的迁流，所以说“一个早晨和一个早晨间的一棵树”。

树与树之间有早晨，早晨与早晨之间有树。在这一句诗里树只是作为空间的座标而存在；早晨也只是

熊秉明 《早阳》

作为时间的标志而存在。诗句要说的只是空间与时间两个框架，而“的”字的用法使两个框架相交织而相共存。存在有两个座标系统，存在体只是一个。

第一节说生与死、死与不死。诗句像一个哲学判断。诗句乃以它本身的特殊结构证明哲学判断的不妄。

第二节说时空、时空的合一。这一诗句也许更像诗，因为带来形象的联想，其实也仍然潜藏着一个哲学判断。此诗句也是以其本身的特殊结构、连锁不断的扣接，证明哲学判断的真实。这里的“的”字的妙用使我们从空间框架步入时间框架，又从时间框架步入空间框架，反复不已，自由自在，悠然坦然。存在主体只有在两个系统的交相透视中才成为真实的存在。

第三节

这一节在全诗中类似一个结论。这一节大概最费解："距离"指什么？两倍距离又是什么？为什么"必有"？为什么"然而"？我不知道我的解释是否合乎作者的本意，如果此节容有几种不同的解释，我想至少我的解释是可以说得通的一种。

——那距离必有二倍距离

我们的生命从生到死是一段距离。作为存在者，我们存在于此时间的距离中。但是实际上我们只是活在"现在"，而"现在"只是此距离中的一个点，此点不停地移向未来。一般动物，无论牛羊、鸟鱼，都只活在现在，它们不回顾，不前瞻，不回忆往事，不期待未来，当然更不会把从生到死的时间看作一段距离。要意识到我们的所谓“一生”，必须要跳出此行程，站在另一个距离之外来观照。苏轼有诗句：“不识庐山真面目，只缘身在此山中。”这是说我们要看清山的形势脉络，当跳出山丛之外。同样在时间上也如此，只有跳出“现在”，同时看到过去的“朝如青丝”和此后的“暮成雪”，才会有“与尔同销万古愁”的悲歌。杜甫的“归来始自怜”（《自京窜至凤翔喜达行在所》其三）乃是逃出危难之后才能写出来的诗句。在当时逃窜的路上乃是“间道暂时人”（同上，其二）。必须跳出那时的“现在”和“暂时”才有怜惜自己的生命的心情。坐在火车车厢里，无法看到前后两站的距离，要把两站放入视野去观察，必须离开轨道，在另一个距离下去看，要做到非常困难，实际上是以想象跳开车厢，又把前后两站同时纳入想象。所以距离必是二倍的。

而第二节所描写的时空框架里的距离也是二倍的。从树与树之间的距离里看早晨和从早晨与早晨之间的距离里看树，也就是从空间的距离里看时间，从时间的距离里看空间，二者不可分。距离在两个不可分的座标系统中，所以也是二倍的。

——然而必有二倍距离的

“然而”的用法是非常奇怪的。

1967年我分析林亨泰的《风景（其二）》，也遇到过一个“然而”，那里的用法也非常怪异。“然而”是一个连词，应连接两个句子。在那首诗里，“然而”并不连接两个句子，细究是连接名词。句子的结构化简了是这样的：“防风林，防风林，然而海以及波。”既不合连词的语法功用，在句意上也看不出前后有什么转折。我费了些篇幅来说明“然而”的合语法和有道理。我特别指出“然而”的转折意义在连接两个名词的时候也是有效的。

在这里情形略有不同。我以为，“然而”可以有各种隐晦复杂的意味。我举几个例子：

1. 他很聪明，然而不懂人情世故。

2. 他很聪明，然而没有道德观念。

3. 他很聪明，然而身体太弱。

4. 他很聪明，然而死得太早。

5. 他很聪明，然而反为聪明误。

6. 他很聪明，然而太聪明。

7. 他很聪明，然而绝顶聪明，不是一般的聪明。

这许多“然而”所表达的转折都不相同。现代中国作家中用“然而”最多的应是鲁迅。在《野草》中有不少篇可以为例。比如《希望》只占3页，而有7次“然而”，4次同义词“但”。这样的“然而”在不深究的人看来必认为是文章的毛病。但是这“然而”不是句法意义上的转折，而是生存层次的困扰与彷徨，反映生命内在的冲突矛盾。我引《影的告别》中的一段，全文也只有3页，共出现了5次“然而”，一次“但是”。下面是其中的一段：

我不过是一个影，要别你而沉没在黑暗里了。

然而黑暗又会吞并我，然而光明又会使我消失。

然而我不愿彷徨于明暗之间，我不如仍在黑暗里沉没。

然而我终于彷徨于明暗之间，我不知道是黄昏还是黎明。

那么，在我们分析的这首诗中的“然而”可以怎样解释呢？我以为是一种强调，是我举的例子“他很聪明然而……”中的第7例：他很聪明，然而绝顶聪明……例中“然而”的转折是从“聪明”的不同含意而产生的。1、2是说“他很聪明”，按理说，他也懂得人情世故，也懂得是非善恶，然而并不如此。3、4是说他既然很聪明，按说可以有很好的成就，然而“身体太弱”不能下苦工，甚至早死。5、6是说聪明很好，但聪明过了头，自以为是，不能自知，反受其害。7是说这里的聪明是超乎平常的意义。不过我已说过，“然而”含有多种不同的意味。“诗无达诂”，我想最好还是让读者根据自己的体会去揣摩玩味吧。

附记：

1967 年，我写了一篇《一首现代诗的分析》，在一个非常偶然的机会读到林亨泰写的一首小诗《风景（其二）》，觉得很打动我。这首诗是现代的，用词与造句都是极端简单而基本的。然而就在这样极简的形式上有了修辞和语法的规则的突破，而这突破来自对于世界一种新眼光，这眼光是存在主义倾向的。站在传统诗的观点，这首诗是荒谬的，然而我察觉了一种新的诗的意味。我想我应该把我的感觉写出来，把这一首很晦涩的诗说个明白。动笔之前我并无把握，或者说毫无把握，把这样晦涩、荒诞而简短到只是一句话的诗说个明白也许是根本不可能的。我想起《庄子》里庖丁开始解牛的一段："吾见其难为，怵然为戒，视为止，行为迟，动刀甚微。"写成后发表在 1968 年的《欧洲杂志》。

1985 年，林亨泰先生从台湾给我寄来了一本《林亨泰诗集》。集尾附了两篇文章：《一首现代诗的分析》和我在 1969 年发表的《谱〈风景（其二）〉一诗的示意》。

我很感激他对我的两文的肯定。

在此诗集中我又发现一首诗很打动我：《二倍距离》。我又一次读到汉语修辞与造句规律的破毁和通过这破毁造成的新的诗的意味。我想应该再写一篇分析。但是这一次我感到困难更大了。从1985年到现在，15年过去了，写写停停。有时候是因为觉得还没有读懂，有时候是觉得自己的意思说不出来，说不清楚，停下来。最近竟然写成了，并不完全满意，说不上庖丁的“提刀而立，为之四顾，为之踌躇满志，善刀而藏之”。但是写成了，完全满意是不可能的，就如此交卷。

后记：

我读诗不多，极少写诗，却写了几篇长文说诗，并且被台湾《中国时报》副刊邀请到台北去做诗奖的评审，有时不免自己也感到奇怪。

1968年，我写了一篇《一首现代诗的分析》，分析林亨泰的诗作《风景（其二）》。当时我自己以为在此诗中看到别人所没有注意的问题，我不写出来是很可惜的，颇费了不少时间和气力写出来。后来读到林亨泰的另一首诗《二倍距离》，又觉得看到别人没有看到的蕴涵，很想写出来，不写出来是很可惜的。但是动笔后便发现解说的困难，试写了不少次，都不能完卷。今年2002年，感到这一首诗的内容和我的生命有直接的关系，不把我看到的东西写出来，是很可惜的。并且必须在现在赶着写出来，时间已经很紧迫，这首诗涉及的是生死的问题，我今年已经80岁。

所谓现代诗，大概都是受到西方现代诗的影响的中国诗人的作品，这一首诗却是“中国的”现代诗，是善用了中国语言特征而酝酿出来的现代诗。

二倍距离

这首诗使我想起《老子》的第一章，类似的文字还见于《庄子》。

这首诗，就形式上说，有两个突出的特点：一是不合普通说话的语法规律；一是读起来好像拗口令，同音字、同声母或同韵母的字重叠出现，很有音乐感、节奏感，像唱儿歌，更像念经念咒。文字的意义压倒模糊了，其实文字意义是很重要的，它的内容涉及生与死、时与空。

为什么有如此的重复呢？比如《老子》第一章的开首，因为是讲道，而道是有关存在的最基本的概念，只好以它本身来描述它，于是有重复。《庄子》的一段“有始也者，有未始有始也者……”讲宇宙的开始，于是进而推及开始之前尚未开始，又进而推及尚未有开始之前的尚未开始，于是有了如此的拗口令。又如《庄子》的“方生方死，方死方生；方可方不可，方不可方可”是讲生与死的同时性，或可说此死亦即彼生。又如列子“有生不生，有化不化。不生者能生生，不化者能化化。生者不能不生，化者不能不化，故常生常化。常生常化者，无时不生，无时不化”是说创造生命的是不被创造的。这句话主动式与被动式不分，所以有了意义的模糊。而同字的重叠，主动式与被动式可以在形式上分出来，也可以不分。例如“鸡吃了”是鸡已经喂过，还是这鸡被吃了。

散文和诗的一个重要区别是在行文上，散文排斥重复，而诗不嫌重复，更严格地说散文之间也有区分。抒情文和议论文不同，议论文的目的在传达思想，是延着逻辑思维展开的，已说过的话不宜再重复；抒情文的目的在传达情感，制造一个氛围、一个情调，已说过的话不妨再说，以加浓色调，增强感染。有了谱的诗更是语句简朴，而用反复的重叠来打动人。

它是客观存在的根源。“有物混成，先天地生。寂兮寥兮，独立而不改，周行而不殆，可以为天下母。吾不知其名，字之曰道。”（《道德经》第二十五章）

在本文的开始我说此诗有浓厚的哲学意味，又说在语言上怪异而晦涩。这两点其实是一回事，谈生死、存在是哲学的问题，以哲学的语言表述，必不可避免地要用一些基本的观念，说一些基本的哲学命题。

《老子》首章：“道可道，非常道，名可名，非常名，无名天地之始，有名万物之母。”

老子要说的道是宇宙最基本的概念，“道”在人的主观思维中是所有言语的起点，只有以它来说明其他，而它本身不是可说明的术语，它是“自始的”，我们只好以它自己来说它自己。“吾不知其名，字之曰道，强为之名曰大。大曰逝，逝曰远，远曰反。”（《道德经》第二十五章）于是怪诞与晦涩类的一种叨叨逻辑（tautology），所谓“其理至玄，其解至难”。“其理至玄”，因为理是语言系统的理，以语言的理去说存在之为存在，语言变成至玄；“其解至难”，因为解是语言的叙述，叙述无论如何巧妙，终局限在语言世界之域。

哲学企图以最基本的概念说宇宙最基本的问题，实在是十分狼狈的，不免有期期难言之状；而西方哲学、中国语言实词性变化，使叨叨逻辑的古怪情形更为突出。《老子》首章用中文读起来，近乎念经，有强烈的音乐性，听起来而难辨明意义，于是产生了神秘效果，倘把这段话的译文翻来读，便忽然变得明白。

开头一句只六个字，“道”字重复了三次，字数占一半，而每次用法不同，互相解释。读出来，难听得明白，只感觉到很有音乐性，有节奏，像念咒，有着魔力，给人一种神秘感。“道”字讨论的是哲学的问题、存在的问题，以哲学的语言来讨论基本的哲学问题往往出现这个样子的玄妙的话语，如老子《道德经》的开头：道。

哲学语言

第一节的“你的诞生已经诞生”“你的死已经不死”，这是哲学的语言，庄子在《齐物论》中有类似的句法。“有始也者，有未始有始也者，有未始有夫未始有始也者。”为什么是哲学语言呢？“道可道，非常道，名可名，非常名。”哲学思维有 tautology，也许可以译为“叨叨逻辑”。“A 是 A，不是非 A”这样的话在日常语言中是无意义的，但是在哲学思想中是有意义的，因为这是对概念本身的准确的界定。

这样的句法是诗的。

“道可道，非常道”这样的句法必须在语法上加以分析解说，否则就无法了解。这里出现了三个“道”字，如果都是一个词类、一个含义，则这句话无法理解。

我说类似的句子，是说在造句方面以用词重复的形式陈述，颇具节奏，好像思想上的绕口令，而具一般绕口令的两个特色：（一）念出来很响亮动听；（二）初听却听不懂，要听懂得想想。《老子》第一章“道可道，非常道，名可名，非常名”，仿佛儿歌可以唱，但是要懂却不易。首先把几个“道”字的不同含义说明，因为这类问题涉及生命基本问题、存在的基本问题，必用基本的词汇来解说一些基本观念，于是形成观念与词汇的绕口令。

A 是 A，不是非 A，是形式逻辑所定的基本定理。假设这一点不能肯定，那么以下的推理都无法进行，但是辩证哲学正是有与此相反的基本假设。A 的存在是含其非 A，是向非 A 变化，于是有正反合的三段论。但就在 A 还是非 A 的命题中，A 说话的人也是肯定 A 是 A，A 不是非 A。这一种哲学语言，类似拗口令，类似语言游戏，是汉语本身的特性所形成的。因为单独的汉字是不分词性的，同字在一个句子里出现，由于位置不同而词性不同，意义也就不同，于是意义层：转格、推进。

重复有其理由，因为道是这一玄学的基本概念、宇宙的源起、动的源起。这一句话本身以否定的形式界定道。老子以否定的形式说道，以无说有，以虚说存在。

“视之不见，听之不闻，抟之不得”，“天地万物生于有，有生于无”，“为无为，事无事，味无味”。

如果我们试着分析“存在”一词的内涵，我们只能得出这样的命题，存在有其存在的开始，有开始也就有结束，有诞生，也就有死亡。生死是一对共生的概念，一个存在在空间内有其局限，在时间内有其局限。

这里还有一点可以指出来，这“死的不死”的哲学命题仍然是诗，有了“你”的出现。一般纯哲学命题没有“你”“我”“他”人称出现的，你的出现，于是是一对话。

僧肇的《不真空论》：“然则万物果有其所以不有，有其所以不无。有其所以不有，故虽有而非有；有其所以不无，故虽无而非无……”(冯友兰《中国哲学简史》第286页)

这一节讲生死，“有生必有死”，“生与死”有逻辑的必然性、共存性，而此诗是以诗的句式把生与死的不可分传达出来，以语言本身的陈述方式把生与死拧成一个单纯的句子。

这里说的是哲学问题：生与死、时与空。这里要用哲学的思维方式来陈述，也就是从基本的概念来说这些基本存在的命题，于是变得很难，限制很大。

如果用严格的推理方式作思考，我们只能用最基本的概念来说明基本的概念，给人一种印象是自我重复。

用最基本的概念来说哲学上一些基本命题当然是很费力的。“道可道，非常道”共六个字，“道”字出现了三次，如果只算一个字，那么这句话是以四个字来说“道”，而“道”字每次出现都有不同的意义，“道”“常道”和动词的“道”。

老子说“有物混成、先天地生，寂兮寥兮……吾不知其名，字之曰道”，也就是说，在天地之前即存在的宇宙根源，我无以名之，字之曰“道”，勉强加以描写，即可以说“大”“逝”“远”“返”。

一种所谓“叨叨逻辑”口齿不清。“道可道，非常道”听起来不知所云，意义模糊，但是音乐性很强，有节奏感，好像念咒或者唱歌。如果翻译成另外的文字，则这意义模糊而音乐性强的现象便消失了。此音乐性具有一种说服的魔力，它的重复萦绕在听者的耳畔使人入迷。音乐，显然其节奏形式或旋律形式，都要求反复。

存在者一旦诞生，便要求继续存在、长久存在；死是最基本的威胁、最可怕的敌人。“不死”是存在者作为存在者最本能最基本的愿望。死之威胁，于是萌生了各种宗教、各种法术、各种哲学，说了无穷尽的话，写了恒河沙数的文字来说“不死”的道理，建造金字塔、大教堂、庙宇神像，祈祷、斋戒、膜拜、苦修，无不是透露人的“不死”的愿望，证明死是不死的。这不死，无论是什么形式的不死，是长生不老，是永垂不朽，是物质不灭，回到神边，是圆寂涅槃，都在说“不死”的可能或者确凿。千言万语，最终要归到这个命题：死的不死。诗人没有说教与玄辩，他用了最朴素的方式直截了当地说“死的不死”。

这唯一的命题，他的诗的语言本身便构成证明：“死已经不死”这句话是不合语法的。“你的死”，这个“你”，是受话者，当然是活着的，你的死当然尚在未来。

一切宗教、一切哲学，以不同的话语，都达到这一个简单的结论：“死的不死”。

> 这实在是，神啊，
> 我们的尊严的最好的证明，
> 我们的激切的哭泣，一代复一代，
> 如海潮涌向你，而溅碎在你永恒的岸边。
>
> ——波德莱尔《灯塔》

存在只有肯定它自己，而死亡是存在通过不息的调整来保持它的生命力。

在本文的开始，我便提出，这首诗是相当晦涩的。我提醒读者这一点，但没有多做解释。我只希望他做一点心理准备，请他注意，请他以开放的思考头脑听我的说明。

所以写这篇文章要面临双重的困难：一方面要解说

哲学上的问题；一方面要解说文字上怪异晦涩的原因。

其实我应该在开始便指出，有两种不同的晦涩。

一种晦涩是文学的晦涩，一种是哲学的晦涩。

文学中的晦涩，是语言文字的错乱所造成的，是超现实主义所标榜的。文学混乱，是意识流的记录，是潜意识的涌现。推到起源，那是弗洛伊德精神分析学的影响。那影响非常广阔，直到今天的所谓的装置、观念，乃至垃圾艺术、自残艺术、暴露狂艺术、粪便艺术、死尸艺术都是枝派末流，我们难于忍受的种种展览。若在此角度下去审视，也就顺理成章，觉得：是的，我们有性的本能、变态心理、潜意识的压抑。我们有病，我们每个人都多少有精神病。我们需要治疗，我们要从这许多压迫中解放出来。暴露狂的暴露吧，虐他狂的，虐待自虐者吧，同性恋的上街游行，去市政府登记，去教堂结婚吧。

还有一种是哲学的晦涩。[1]

---

1 此文后记部分据先生手稿整理增补，文未写完。——编者注

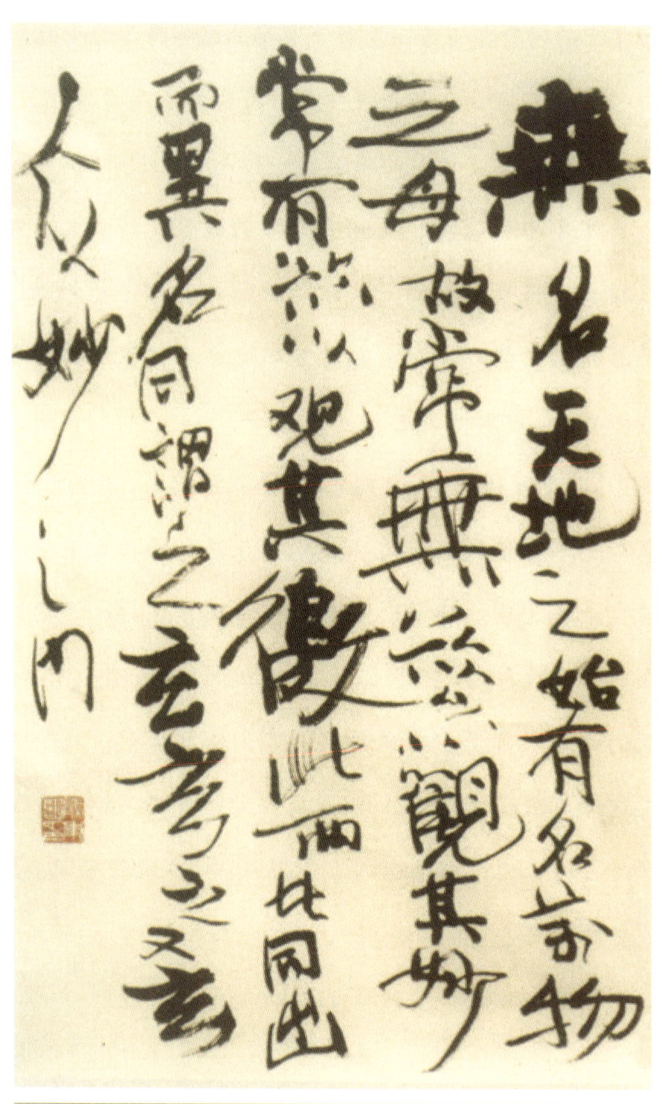

熊秉明书法

论一首朦胧诗

——顾城《远和近》[1]

你，

一会看我

一会看云。

我觉得

你看我时很远，

你看云时很近。

——载于1979年《诗刊》10月号

[1] 此篇法文译文曾发表于法国罗曼·罗兰创办的《欧洲杂志》1985年4月号。中文原文发表于台湾《当代》1986年创刊号。

一

十几年前，台湾的现代诗在当地文艺界引起了相当大的风波。我对现代诗无成见，非无条件地赞扬，也非无条件地贬斥。有些诗我喜欢，有些诗我读起来，也瞠然不得其解。有一次读到林亨泰的《风景（其二）》，很感兴趣，认为是代表现代诗的好例子，觉得有许多话可说，写了一篇《一首现代诗的分析》，发表在1968年的《欧洲杂志》上。

近年来，大陆的朦胧诗也引起相当大的风波。赞成的、攻击的，双方争论很激烈。我读到顾城的《远和近》，觉得很可以作为朦胧诗的代表，所以也想把这首诗引出的问题谈一谈。现代诗和朦胧诗应该区分开来。现代诗的特点是：

一、在语义上打破日常语言的规律。

二、在语法上打破日常语言的规律。

《风景（其二）》那一首诗，乍读是不通的。我的分析是试着指出不通的所在，然后证明这些不通在什么意义下可以通，而且证明正是这些扭曲佶屈的不通传达了特定的内容。我试着在一堆表面荒谬的组合里探索出潜藏的秩序，也即诗的秩序。

朦胧诗的朦胧晦涩在于内容，而不在语言的运用，在表达的方式上没有什么不合语法规律或语义规律的地方。读起来通顺晓畅，但是读了之后，使人一怔，因为其所说出的情感，或描述的事物不是通常的所感所见。顾城曾经很清楚地说过："表现世界的目的，是表现'我'。你们那一代有时也写'我'，但总是把'我'写成'铺路的石子''齿轮''螺丝钉'。这个'我'是人吗？不，只是机械！"所谓"机械"，其实就是集体性的人。在战争与革命的时代，首要的问题是民族生存的问题，是集体活下去的问题，个人特殊的思想感情暂时被压抑下来。这时所描写的"我"，一是普遍性的"我"，可以互换，所以像齿轮，齿轮如果不能互换也就失掉了为齿轮的价值。但是另一个时代到来，在和平生活的时代，问题转换了，每一个个体要求蓬勃地成长，发展他的个性，表现他的才智，享受他的幸福，尝试他的生活，寻得他自己存在的意义。文艺所追求的是从人的普遍性转为人的特殊性。当然，普遍性与特殊性不是绝对相排斥的，普遍性中固然有特殊性，特殊性中也还含有一定的普遍性。从普遍进入特殊，又在特殊中发掘出普遍，这过程使艺术作品深刻化，也丰富化。朦胧大概产生在这里，比如在节日，普遍的情绪是欢腾激动的，描写这欢腾激动，大家都明白。如果某人在此时忆起什么阴暗的故事，这就特殊了，一时不易为人谅解了，不能被接受了，认为这种情绪是反常的，甚至是有毒害的、有危险性的。但是如果我们能冷静地认识这种情绪，看出它的起因，懂得它产生的必然性，那么描写这情绪不但不和欢腾激动无干，或相抵触，相反使欢腾激动有了另一层次的深度。

从普遍的镜头推进到特殊的镜头，如果不变换焦距，影像当然要朦胧的。

关于林亨泰的《风景（其二）》，由于文字层次的问题复杂，我从文学躯壳的分析出发，去把握思想内容的蕴涵。顾城的《远和近》清楚明白，没有什么文字层次的问题，我们的讨论直接涉及内容，所以两文的题目，一是《一首现代诗的分析》，一是《论一首朦胧诗》。

二

这首诗有两个代词：“你”和“我”。短短的小诗共出现了三次“你”、三次“我”。次序是：你—我—我—你—我—你。这个世界中主要的人物就只有你和我，应该是一首情诗。但是所用的代词并没有附加的形容，并非“哥哥”“妹妹”“郎”“侬”之类的昵称，所以诗中两人的关系并不明确。我问过一些读过这首诗的人：“你以为诗中两人是怎样的关系？”回答很不一致，使我颇吃惊，因为我第一次读到的时候，曾毫不怀疑地认为这是情诗，两人在相爱。有人说两人将爱而尚未爱，有的人说爱情已经出现裂痕，也有人说一男一女在爱中，也有人说两人不一定是一男一女……

试看诗中的描写，没有什么情节，也没有明确的情感发生。两人没有接触，甚至没有交谈，他们只在默默中偶有眼光的相遇。若说有叙事，那只是其中的一个曾扭过头去看云，在这看云又相看的顾盼之间，发起了一个人际的哲学问题。诗中只有两个动词：“觉得”和“看”。“看”出现了四次，显然很重要。“觉得”出现了一次，这是诗人心里的事，是诗人的所悟，也是引起他写这首诗的根源。

“看”是人与人之间最基本的、重要的接触方式。把这首诗看作情诗或不看作情诗，似乎都可以，因为诗本身所说的内容简单到极点，广泛地、形而上学地描写了人与人之间的基本接触。当然一男一女的关系也可以包含在其中，但究竟有没有爱，在什么阶段上的爱，却一无肯定，我们只得把这个问题排除。

“看”在存在主义，尤其在萨特哲学中，是一个非常重要的题目。《存在与虚无》一书分为四大部分，第三部分讨论“人际关系”，计二百多页，占全书约三分之一的篇幅。萨特讨论这问题便是从“看”开始的。这第三部分又分为三章，第一章是“他人的存在”，其中有一节专论“眼光”（regard），用了56页排得密密麻麻的篇幅。

在萨特的哲学系统里，个人一旦存在，目之所及，一切外物都是维护他存在下去的工具与资料，为他所使用、所享受、所消费。每个“我”是存在的主体，“他人”是什么呢？在“我”的视野中也属于客体，和一切物处在同等的地位。但是他人究竟和一般的物不同，他人也是以他自己为中心的一个主体，他把眼光投射到我这边来的时候，我就成为他的世界中的一个客体，被他所客体化。

主体与客体的区分在哪里呢？主体是一个自由、自主的意志。客体是被动的、被规范的、被给予一定功能的工具。自由意志和有固定功能的工具区分又在哪里呢？自由意志有欲望、愿望，为自己设定一个计划（project）去生活。工具则没有。所以萨特说：人不是一把刀子，刀子制造出来是为了切割东西，它的存在有其确定的目的。人却没有，人不是生来要做店员、做农民、做运动员。人寻找、创造他自己的目的。刀有其定义，这定义规定它的本质。人不然，他先是存在，然后慢慢规定其本质。他有怀疑、有彷徨，因为他原无本质。他有多种可能，他必须选择，他有自由，并且他“被判定”是自由的。

我在“看”的时候，是通过一个主体的“我”的计划去看世界，把外面的事物按照我的计划做认识、做安排。我在“被看”的时候，会感到踌躇不安，因为我被判断、被规定，被纳入一个他人的世界秩序之中，被当作工具加以利用。“他人冻结我的可能性。”我们都愿意做主体，而不愿做客体。两个人相看的时候，冲突便产生了，因为两个存在都争取做主体，要把对方变为客体。如果我承认他是主体，我就会“感到他的无限自由”，他“非我所能够认识，他在那里，无距离之可言而无法可及”（《存在与虚无》法文第3版329页）。

萨特对于眼光的讨论很可以用来说明这首诗的主题。

在这首诗里，“你”有两个不同的看的对象：“云”和“我”。“云”只是被看的客体，而“我”不但是一个被看的客体，还是一个能看的主体。你看云时，我也在看你，这时，你在我的视野之中是一个客体，我可以安然地、自由地欣赏你的存在及存在的形式。说得具体些，我可以欣赏你的面容的丰圆、眉宇的光泽、仰首远望的姿态，想象你的心情。这一切都和远处的山、近处的水一样，是我可以认识、可以把握的客观事物。我把你安排在我的世界之中，我觉得“你离我很近”。

你看云，我看你看云，这两者之间的关系，可以在卞之琳的一首诗中得到印证。

你在桥上看风景，
看风景的人在楼上看你。

明月装饰了你的窗子，
你装饰了别人的梦。

——《断章》

熊秉明《水磨小村》

在这首诗里，桥上的“你”和《远和近》里看云的“你”处在同样的地位。另一个楼上的人站在更高一个层次，把桥上的人收入他的视野，桥上的人遂成为风景中的陪衬。相对于楼上的人，桥上的人只是客体，楼上的人才是主体。明月只是客体，装饰你的窗，而相对于“别人”，你也是装饰，装饰别人的梦。

在《远和近》里，看云的“你”也装饰了“我”的世界。你是客体。

不过“看云的你”和其他的“你”，又有所不同。

“看云”有一定的含义。

云在天空中任意构出变幻奇妙的图案，这是大自然的游戏，也只有在我们劳作之后休息的时刻，才有余力和闲情来仰看这些似具象似无象的图画。说是眺望天空远方的云霞，其实也正是一种向内的观照，借了云的形象作烂漫肆意的遐想。正像心理实验室里所用的墨迹图片，我们可以在那些斑渍中辨认出各式各样的人物鸟兽草木鬼神，其实它们都是给我们内部潜意识的底层浮起来的东西的化身。看云，也即看我们心中的幻象。这是意识和潜意识合作的游戏，观察主体和观察之对象互相引发、互相角逐的游戏。

波德莱尔散文诗集第一篇《异乡人》有：

> “那么，奇异的异乡人，你喜爱什么呢？”
>
> “我爱云……飘过的云……那边、那边……神异的云！”

中国古诗中涉及云的句子太多了，这里只举三个例子：

红颜弃轩冕，白首卧松云。（李白《赠孟浩然》）

行到水穷处，坐看云起时。（王维《终南别业》）

水流心不竞，云在意俱迟。（杜甫《江亭》）

近人诗中还举卞之琳：

小时候我总爱望夏日的晴空
……白云一朵朵（《望》）

即使不是诗人，大多数人也都有这经验的：在幼小年纪卧在柳堤岸、草坡上，凝视白云苍狗的变幻，这时一个人不为他人所干扰，不为旁的眼睛所威胁，他只是属于他自己，安恬又安全地享受这世界，享受自己的存在。这时，心中无挂碍、无渣滓，禅宗所谓“云在青天水在瓶”的那一种舒适安妥、悠然怡然。我吻合于我的存在，没有矛盾，没有挣扎。所以一篇流畅自然的文章，我们说“如行云流水”。

“看云的你”就是这样的。我懂得你的心情，欣赏你的闲静，你在向往。我也是这样看云的，我们有一致的爱好，灵犀相通，所以“我觉得你离我很近”。

你看我时，情况不同了。你不再属于被看的地位；我也不再是纯粹的观看的主体。四目相视时，眼光交织中有复杂微妙的角逐与斗争：互相审视，互相探测，互相判断。目光后面各有一个活着的自由的主体，两个存在主体都要争取主体的地位，使对方降为客体，变成工具。这是人与人的基本存在的冲突。萨特所谓“他人即地狱”，便是这意思。

但是这首诗里所说的相看，并没有这存在的基本冲突。我们说过，诗中没有情节，也没有感情的描写；四目相对，只是静静地凝睇，静观对方主体的存在，并没有要把对方客体化的意图。

眼光是主体的代表，看见对方的眼光，也即看见对方主体的君临。眼光“看”，也即是主体“在”。眼光的涣散，即主体的消损；眼睑垂闭，也即主体的消逝。此时是尚未发生冲突的一种更基本更抽象的看。只辨认得对面不是物，而是一对眼睛、一个主体，尚未进入眼光的交锋。

主体与主体相视的关系是如何呢？我们前面说过“主体是一个自由、自主的意志”。那么互相所看到的就是一个自由、自主的意志，作为具体的人，对方虽然被遗传、出身、经历等所局限，但是既然是一个自由意志，他就必然会要求超越他的社会条件限约，突破他既有的经验与成见，不断扩充自己，他的性格也在这过程中发展、形成。他不是试验室里的青蛙，按照本能或者条件反射来活动；作为主体，他是向未来迁化，无法被人全部把握的对象。在“你”的眼睛里，我看见了活泼的、永远从我的定义中逃开去的主体，萨特所谓“感到他的无限自由”，所以“我觉得你很远”。

杜甫在《丽人行》里描写女子有这样一句："态浓意远淑且真。""态浓"描写外貌的艳丽；"意远"描写内在的美。外貌的浓是关乎色与形的、眉与唇的、发与肤的、物质性的、可及的，属于客体性的；内在的意是关乎心态的，作为主体，她拥有一个内心世界，那个世界广阔，不断延展，不可测度。她有一个理想，她追求那一个理想，她自身是向那一个遥远理想进行的运动。我们追不上，如永远"远"。在她的眼睛里，我们也只是"远"的主体。她的眼睛里流露出向往的闪光，也跳跃着询问我们的向往的闪光。她的眼睛与我的眼睛像两面相对的镜子，你—我，我—你，交相映照出无穷尽的未来的幻影透视。

主体的特质，对于另一个主体说，就是遥远性。

主体与主体在一个距离下互相尊敬，在这基础上互相关切，互相共存。康德的道德律就建筑在这基础上，也就是说我们行为的原则是把别人当作目的，而不是当作工具。为达到自己的目的，剥夺别人的生活权利，固然是不道德的；但是根据自己的拟想，为别人制定幸福的模式强加给别人，也同样是不应该的。那是跨过应有的距离，侵犯到另一个主体的意志了。

主体在自由抉择中创造自己，创造未来；主体在，却又即将迁化，使我们处在“拭目以待”的屏息中、注视中。

小诗里虽然没有铺陈这样的伦理哲学，但它提出来主体的基本特征、个体存在的基本特征。

在个人的课题重新被提出来的时候，诗人唱起“自己的歌”来，他说“表现世界的目的，是表现‘我’”。主体的问题也就被重新提出来，主体之际的问题也就被提出来，诗人笔下也就出现了“眼睛”：

我总是长久地凝望着露滴，孩子的眼睛……

（顾城《小诗六首序言》）

他有很多很多
浆果一样的梦
和很大很大的眼睛

（顾城《我是被妈妈宠坏的孩子》）

而这眼睛是神秘的、遥远的：

西斯莱《草地》

我找到了你那深不可测的眼睛。

（北岛《迷途》）

四

说朦胧诗有存在主义倾向，是可以的。说我的注释有存在主义倾向，也是可以的。但是这些年轻诗人大概并没有读过什么现代存在主义的理论。存在主义并不一定靠舶来；存在主义也不仅此一家，在西方有许多流派；存在主义也不一定是可憎可怕的，这一种思想在一定历史发展阶段，在一定的社会条件下，就会萌生。

顾城的父亲顾工，也是诗人，1980 年发表过一篇《两代人——从诗的“不懂”谈起》，讨论他的孩子一代的诗，其中就有这样的话：

“他（指他的孩子顾城）不是在摹仿，不是在寻找昨天或外国的月亮，而是真正走自己的路——这些诗是他们自己从荒漠中寻到的泉水和绿洲。

他承认这些诗和西方现代派有接近之处：

这些诗，是不是和外国现代派、中国曾经出现过的现代派有相似相近以及心有灵犀一点通之处呢？这，确实是有。

于是他把第一次、第二次世界大战前后的西方和‘十年大动乱、大破坏’后的中国作比较，看出两边青年人精神状况的相似相近来。”

但是文章的结尾，他忽然把这些根本的思想的问题撇开不谈了，把朦胧诗的问题只局限到技巧的范围里，说是我们也可以从西方现代派吸取新的手法：象征暗示、音乐感、通感，等等。其实这些诗的手法自古中外都有，只是近代人更有意识地、更夸张地去运用而已。至于“两代人”的分歧却在更深一层次的哲学观点上。使他“越来越读不懂我孩子顾城的诗，越来越气忿……”的原因是，上一代的主导思想是一种本质主义，年轻一代的主导思想是一种存在主义。

存在主义和本质主义是相对立的。存在主义主张存在先于本质；本质主义主张本质先于存在。本质主义哲学探索人的定义，通过这定义指出人的本质，比如说“人者，仁也”（或者以另一形式说出“仁者，人也”）“人是理性的动物”“人是社会的产物”。从这样的定义出发，就可以立出道德准则：如此如此方是人；如此如此方是人的行为，合乎道德的行为；如此如此方有存在的意义和价值。存在主义哲学认为这样的定义是人为的、不可靠的，以这样的定义来规范、衡量实际的人的行为，是桎梏人的自由发展。在中国传统哲学中，儒家属于本质主义，道家属于存在主义。儒家讲正名，也就是确定事物的定义，特别是人的定义；道家讲无名，也就是不讲定义，而讲存在。儒家讲做人，做圣贤；道家讲“绝圣弃智”“绝仁去义”，讲无用，讲法自然。本质如果先于存在，那么一旦认识了本质，则存在可以为本质牺牲。所以孔子说：“朝闻道，夕死可矣。”更进一步说：“志士仁人，无求生以害仁，有杀身以成仁。”孟子也这样主张，用鱼和熊掌的故事喻“舍生而取义”。老子的道不可名、不可道，那是自然的规律、存在的规律，也即是生命的规律。他所给的行动原则，像“无为”“知其雄，守其雌”“抟气致柔”“见素抱朴”，都不是道德规律，而是如何维持存在的完好与迁化；他讲“养生”之术、“善摄生”的道理，一旦闻得此道，则可以“长久”。庄子所描写的神人能够“大浸稽天而不溺，大旱金石流，土山焦而不热”。按照道家的看法，“朝闻道”而“夕死”是荒谬的。

顾工说：“我当年行军、打仗的时候，唱出的诗句，

莫奈《雾中的维特伊》

都是明朗而又高亢，像出膛的炮弹，像灼烫的弹壳。”那是“朝闻道，夕死可矣”的轰轰烈烈的献身的时代。现在问题变了，年轻的儿子将唱出另一样的歌声。父亲始而惊骇，继而忿怒，企图给孩子以“引导”，要“说服、征服——甚至是万不得已的压服”。但是，只能“节节败退”，“儿子却早已不是驯服的工具”。

不过，存在主义和本质主义的关系，并非绝对的此是彼非，或此非彼是。它们相辅相成，它们的消长是辩证的。从本质主义的立场看世界，以本质主义的蓝图组织社会，有其一定的优越性，但是走到极端，必产生流弊，发展到一个阶段，人们也就必然会要求换一种眼光来寻找出路。

本质主义者是信仰的一代，他们沿着一条既定的道路去走，他们的吃紧问题是“实现”一个理想。他们的信仰和理想未必对下一代适用。相反，新的一代看见了旧信仰的缺陷、旧理想的破灭，他们怀疑了，他们的吃紧问题是“寻求”。他们否定预制的人的定义，扬弃别人规划好的行为标准，在他们看来，本质是后来创造的，就像路，是通过寻索走出来的。既然不循着现成铺好的路，当然就不免有恐惧和疑惑，这是本质主义者所不能容忍的。既然在全新的土地上，当然就有风险，人或将迷失，然而勇猛前去的也就有发现、有开拓、有惊喜，唱出“未尝闻之歌”来。吸引他们的是大路以外的草莽、森林、危峰、大海。对于上一代所坚持的信仰，他们这样说：

坚固的城堡也会变成坚固的死牢。

（顾城《水龟出游记》）

告诉你吧，世界，
我——不——相——信！
如果你脚下有一千名挑战者，
那就把我算作第一千零一名。

（北岛《回答》）

朦胧诗的发生并非偶然，它为诗的世界带来新的感受、新的震撼、新的意境，和它同时来到的应是哲学上的新视野、新问题、新思考。

春风又绿江南岸

这是王安石《泊船瓜洲》诗中的名句。据洪迈《容斋续笔》记载，这“绿”字曾几经更易，先后为“到”“过”“入”“满”等字，最后得“绿”字才定。后人论诗法炼字时，常引以为例。“绿”字的妙处，似乎读者都能感觉到。但因为什么缘故好，似乎还值得做一分析。

原诗是：“京口瓜洲一水间，钟山只隔数重山。春风又绿江南岸，明月何时照我还？”

四句的意思相当明白，作者在江北，怀思江南。诗中的几个地名宜加说明，有助于我们对诗的了解，却也带来一点枝节的问题。瓜洲在长江北岸，和京口隔江相对。此时王安石泊船瓜洲，时间不易考。钟山在金陵（南京），王的故乡在江西临川，为什么他想到钟山呢？有人以为王安石曾长期住在金陵，把金陵视为第二故乡了[1]。这问题有待研究，目前不是我们所关心的，我们要讨论的是“绿”字的用法。

“绿”字的含义

写这一句诗，一般人最先想到的动词大概是“到”，也是诗人最先用的字。这个字太普通、太散文化、太露，内容也属贫乏。“过”已较好，“过”含有“到”的意思，还有“到”所没有的意思。“过”表示来了还要离去，此刻正当春风又“过”的时节，游子不该错过机会，及时还乡吧。“春归如过翼，一去无迹。”（周邦彦《六丑》）

作者又改“过”为“入”，是否更好，较难说。

---

[1] 我认为此诗所忆的江南是南京一带，而特别指钟山，这是诗句本身说得很明白的。王安石虽原籍江西临川，但自幼侨居江宁，对于这地方有特殊感情，据说“神宗知其意，故命以使相判江宁”。罢相后，终老于钟山。查他的诗集，以钟山为题的诗不下30首。我们试举两首可以见出他对钟山的感情：“终日看山不厌山，买山终待老山间。山花落尽山长在，山水空流山自闲。”（《游钟山》）“日日思北山（即钟山），而今北山去。寄语白莲庵，迎我青松路。”（《思北山》）

“入”原是进入的意思：“春风不相识，何事入罗帏？”（李白《春思》）又暗示微妙而令人不知不觉的到来：“随风潜入夜，润物细无声。”（杜甫《春夜喜雨》）用“入”来描写的风是看不见的：“清风吹歌入空去。”（李白《忆旧游寄谯郡元参军》）“锦城丝管日纷纷，半入江风半入云。”（杜甫《赠花卿》）甚至有形可见的东西一“入”之后，也不可见了：“入水淡无痕”（徐忻），“笑入荷花去，佯羞不出来”（李白《越女词》）。所以“入”在视觉上不突出，用来描写春，不够妥恰。

作者又改用“满”。“满”字很能惹动视觉的感受，如“东望少城花满烟”（杜甫《江畔独步寻花》），“来岁还舒满眼花”（杜甫《题桃树》）。“过”与“入”描写不同方式的来到，匆匆地到，或者暗暗地到，而“满”则不仅是到，而且春季已进入盛期，处处是春光游弥了。

最后又改为“绿”，则明显地是视觉感受了。因为“满”还不必是视觉的，到处有暖风薰人也可以说“满”，“满”字的感觉已经很好，但“绿”更带来强烈的色彩感。

谈到这里，似乎可以说用字的优劣标准，以含义的丰富性来定，借用现代人喜用的一个词来说，即信息多的字优于信息少的字。“绿”可以包含“到”“入”“过”“满”诸字的意思，而更含有独特的信息。但是这标准并非唯一的、恒常不变的。信息少的字自有它们的作用。例如杜甫的“锦江春色来天地”，“来”字所给的信息很少，和“到”字一样，但为了强调春的来到，作者偏选了一个单纯的“来”，因而显得明朗、准确、痛快有力，颇有来势不可挡的意味。

“绿”固然有丰富的含义、强烈的视觉感，但它所以妙还有别的理由。

“绿”字的破格用法

我们都知道汉语的形容词可以做动词用。红花、绿柳，红与绿是形容词。我们说花红了，柳绿了，红与绿都变为动词。这样的动词不能作他动词用。“红了樱桃，绿了芭蕉”中的红与绿并非他动词。我们不

恽寿平《春山暖翠图》

能说“她红了指甲”，只能说“她染红了指甲”。在这一句诗里，“绿”是作他动词用的。这是违反语法习惯的大胆用法，产生于诗的语言的弹性，是文字由散文跳级为诗的例子。我们不但不认为不通，反而认为运用得巧妙。在洪迈《容斋续笔》里所说的几个动词中，前几个似乎可以归为一类，是大家费些思索，可以想到的，而“绿”字则很特殊，是一般人所想不到的，要打破日用语言规律才会用的。

这是否为王安石创造的用法呢？却又并不然。关于这一点钱锺书先生在《宋诗选注》的注中特别提到，唐人诗中已有这一用法：

东风何时至，已绿湖上山。（丘为《题农父庐舍》）

东风已绿瀛洲草。（李白《侍从宜春苑奉诏赋龙池柳色初青听新莺百啭歌》）[1]

他还举了第三个例子："行药至石壁，东风变萌芽。主人山门绿，小隐湖中花。"（常建《闲斋卧雨行药至山馆稍次湖亭》）。但是第三个例子的"绿"并非他动词用法，不能归入同类。

钱先生引了唐人诗句之后，接着说："于是发生了一连串的问题：王安石的反复修改是忘记了唐人诗句而白费心力呢？还是明知道这些诗句而有心立异呢？他的选定'绿'字是跟唐人暗合呢？是最后想起

1 录李白《侍从宜春苑奉诏赋龙池柳色初青听新莺百啭歌》全文如下："东风已绿瀛洲草，紫殿红楼觉春好。池南柳色半青青，萦烟袅娜拂绮城。垂丝百尺挂雕楹，上有好鸟相和鸣，间关早得春风情。春风卷入碧云去，千门万户皆春声。是时君王在镐京，五云垂晖耀紫清。仗出金宫随日转，天回玉辇绕花行。始向蓬莱看舞鹤，还过茝若听新莺。新莺飞绕上林苑，愿入箫韶杂凤笙。"

了唐人的诗句而欣然沿用呢？还是自觉不能出奇制胜，终于向唐人认输呢？”他没给回答，只当问题，由读者自己去寻索。看来，他对这句诗并不特别欣赏。他很指责宋人写诗窃用古人旧句。他在书序里说：“在宋代诗人里，偷窃变成师徒公开传授的专门科学。”介绍王安石时更说：“他（指王）的诗往往是搬弄词汇和典故的游戏、测验学问的考题。”这话有一定道理，可是王安石该用什么字呢？因为无论是“到”，是“入”，是“过”，是“满”，也都是前人用过的字，也都可以被指为窃来的赃物。我以为“绿”的用法虽有前例，但并不妨碍在这里用得巧妙。后人忘却丘为、李白的句子，独称王安石的“春风又绿江南岸”，除了“绿”字的破格用法，还存在别的缘故。

“绿”字的必然性

“绿”字的视觉信息使我们一醒，“绿”字的破格用法使我们一惊，但是我们完全接受这吃惊，非但接受，且予以赞赏，因为这是最适当妥帖的字。春风与江南的关系被“绿”所扣紧，春风带来绿，而绿是江南的特征。欧阳修记忆中的江南是漫漫的芳草水岸：“芳草芊绵，尚忆江南岸。”（《蝶恋花》）白居易所忆的江南，连水也是深绿的：“春来江水绿如蓝，能不忆江南？”（《忆江南》）朱敦儒在江南的绿中添入一点红色：“碧瓦小红楼，芳草江南岸。”（《卜算子》）姜夔则在绿中细辨浅黄与浅绿：“看尽鹅黄嫩绿，都是江南旧相识。”（《淡黄柳》）

大家都会记得丘迟的《与陈伯之书》。南北朝时期，陈伯之在梁为将军，后降魏。他是江南人。丘迟仕梁，作书致陈劝降，铺陈了政治军事上的利害之后，更以江南的景物来打动陈的怀乡之情。这几句四言的描写是：“暮春三月，江南草长，杂花生树，群莺乱飞。”据史书记载，陈伯之得书之后，“乃于寿阳拥众八千归降”（《南史》卷六十一）。这里讲到了草、花、鸟，而首先举出的是草。到了晚唐钱珝有诗记此事，写的是：“负罪将军在北朝，秦淮芳草绿迢迢。高台爱妾魂销尽，始得丘迟为一招。”（《春恨》）江南的意象再一次被提炼，则只剩下芳草了。江南的春色已和草绿水绿同等，江南与芳草，是本质的相因依，存在层次的相环扣。

从这个角度来比较“绿”和“到”“过”等字，又显然“绿”字是最贴切的。“绿”与“江南岸”有必然的关系。王安石23岁时所作的《忆昨诗示诸外弟》已有“想见江南多翠微。归心动荡不可抑”，“绿”字在此时已埋下了种子。

“绿”字在全诗中的角色

古今人论诗好谈句眼，这“绿”字确是一个句眼，但作诗若只局限在一句之内推敲一、二用字，还非高手，只算是初学者做练习。真正的诗人追求全诗造成的意境。我们现在再看“绿”字在全诗中的作用。头两句只点出几个地名与距离：“京口瓜洲一水间，钟山只隔数重山。”虽然说了山，说了水，都只是地理上的说明，只是淡墨的勾描，感觉是很散文味的。“春风又绿江南岸”一句的出现，忽然山水都染了色彩，在时间里活起来，使读者颇有“欸乃一声山水绿”的感觉，同时也让人想到了季节，想到了人生如寄的飘泊与匆促。最后一句是心理的描写：何时可以还乡呢？明月与故乡的关系是密切的：“举头望明月，低头思故乡。”床前霜色的月，忧郁而苍白；江南的岸草，翠碧而艳媚。两相对比，绿的颜色遂成一种强烈的召唤，对于我们的感官作不可抗拒的蛊惑：“春草年年绿，王孙归不归？”（王维《送别》）王安石诗的第四句也是一个问语，是一个没有回答的悬案，作者向不可知的未来做渺茫的企望。不可及的极目处是一片绿光的波颤在蛊惑。

附记：

写这篇短文的时候，我想起多年前法国无线电广播的一个故事。第二次世界大战结束二十多年了，菲律宾深山中还藏着几个失散的日本士兵。他们没有听到无条件投降的消息，更不知战后的一切变化。被人发现之后，日本政府派人抚慰召降，用扩音器向他们报道战后的日本与世界，但是在这一小撮日本士兵听来，只是神话，或鬼话。他们顽强抵抗，向任何企图逼近的事物射击。政府派了家庭成员去用扩音器劝说，也仍无效。最后决定派人和他们见面，直接谈话。但是派谁呢？一个士兵的妹子自告奋勇，愿意冒了生命的危险去劝说她的哥哥。她在离开日本之前去拜见住在京都的伯父，一个老画家。老人指着庭前的樱花说："看，只有大自然的美是永恒的。"妹妹被送到岛上，送到山下，随行者用扩音器呼喊，叫对方不要射击，然后妹妹独自前去，艰难地攀上恶林覆盖的山崖，见到了几乎已形同野人的阿兄。妹子带来一切亲友的问好，她用了种种的话语规劝：天皇早下了命令了，父母年老了，眼穿地期待哥哥的归来，故乡和平富裕了。以武士道精神锻炼出来的哥哥是不能动摇的，他凛然危坐，如一尊冰冷的铁像。最后妹妹说：是樱花的时节了，像二十多年前一样，伯父家里庭前的樱花又照眼盛开了，伯父又在画樱花了。这时候，铁像的眼睛忽然淌下了泪水……

一个人的生命在童年开始储存记忆，像一只小猫到处用爪拨弄，用鼻尖嗅东嗅西，这些最初始的认知资料混入我们的感官本能，形成生物性的反应、肉体机能的反应，它们比后起的思维更基本、更顽强。当它们醒来，向我们召唤的时候，比逻辑的推理更雄辩。这就是为什么“绿草”对一个6世纪的中国将军，“樱花”对一个20世纪的日本武士具有那样的说服力。

写到这里，我想我们可以比较一下李白的“东风已绿瀛洲草”和王安石的“春风又绿江南岸”。纯粹从形式上说，王句已较李句为工。试把原句照李句改为“春风又绿江南草”（姑且不管押韵的问题）便立刻可以感到“绿”和“草”是重复了，“草”成为多余的字。“岸”既能暗示“草”，而且带来水和水岸的景色。

再从内容上说。李诗原是李白在长安任翰林供奉时，随从玄宗春游于宜春北苑龙池畔奉诏而写的。对于春景的描写围绕着“天回玉辇绕花行”一句。这样

吴冠中 《春风又绿江南岸》

的奉旨文学要在点缀太平："千门万户皆春声"，不可能表现个人的深的真挚感情。"瀛洲草"的"绿"，突出了视觉的感官意义，或者说装饰意义。"绿"字的用法诚然智巧，然而并不引起读者更多、更深的联想，亦无此需要。而"江南岸"的绿则不然。这绿是一种特殊的绿，当时并未呈现在诗人的眼前，但是根深源长，早窜出诗人的视觉领域，纠织了复杂而浓厚的情感成分，惹动"明月何时照我还"的唱叹。那是失去的乐园的绿，"田园将芜胡不归"的绿，芊芊绵绵，绿入作者遥远的童年时代去，绿醒沉积在每一个读者心底深层的故乡的凄迷的风物景色。

散文里的韵文

思果先生在2月6日的《人间》副刊上发表了一篇《论散文忌押韵》。文章很有趣，主要的意思我们也可以同意，可是他没有说为什么散文不能押韵。另外，散文绝对不可押韵么？他认为不可，即使出于名家笔下，也不免是瑕疵。我想就这两个问题谈一谈。

为什么散文忌押韵？

细读原文，我们只能找到这样的解释：

“念起来不舒服。”

“这句话念起来太不好听了。”

“两个‘人’字接用，很讨厌。”

为什么不舒服，不好听，很讨厌？这些都是主观的感觉，不能当作理由的。诗要押韵才好听，才舒服。为什么到了散文里反而变为不好听，不舒服呢？至于他举的例子中有“……来过一封信，我也回了一封信，从此几年来再也没有通信……‘一会儿工夫就来了满屋子的人，全是附近的人”，等等，这是重字累赘的问题，属于修辞的毛病，不宜作为本文的例句。

我想，要简单地解释，可以这样说，“韵”是语言音乐性的一端，押韵是为了咏唱的节奏铿锵，是诗和歌的特色。散文是说话。这是两种不同的文体，代表两种不同的情调，如果在散文中押起韵来，就仿佛说话，说着说着，忽地唱起来了，必会使听者愕然。

至于有没有例外呢？有的。

最好的例子是鲁迅《野草》里的《聪明人和傻子和奴才》。奴才过着非人的生活，向聪明人诉苦，聪明人表示同情，于是奴才得到安慰而高兴了，他接下去说：

“可是做工是昼夜无休息的：清早担水晚烧饭，上午跑街夜磨面，晴洗衣裳雨张伞，冬烧汽炉夏打扇。半夜要煨银耳，侍候主人耍钱；头钱从来没分，有时还挨皮鞭……”

显然这段韵文是故意设计的，表示奴才把他的悲惨命运编成了歌词，正是我们在前边指出的“说着说着，唱起来了”。鲁迅在这里嘲笑安于现状而不知真正做反抗的奴才心理，也间接讽刺粉饰太平妆点黑暗的文学。

思果先生也找到一个例子，那是俞平伯的《桨声灯影里的秦淮河》一文中的第9段。我想为了讨论方便还是录在下面：

“时有小小的艇子急忙忙打桨，向灯影的密流里横冲直撞。冷静孤独的油灯映见暗淡久的画船头上，秦淮河姑娘们的靓妆。茉莉的香、白兰花的香、脂粉的香、纱衣裳的香……微波泛滥出甜的暗香。随着她们那些船儿荡，随着我们这船儿荡，随着大大小小的船儿荡。有的互相笑语，有的默然不响，有的衬着胡琴亮着嗓子唱……”这只是第9段的三分之一，但我想够了。

读者若有兴趣，可以自己找出来看，那密韵是一直押到底的。思果先生说：“本来他如果全篇文章都像诗歌或骈文一样是韵文，也并没有不可以。而全文却全是散文，只有这一段如此。他是故意插进去吗？还是无意？如果故意，就很不调和；如果无意，我不相信他会这样不小心。”

我想任何读者读完这第9段，都会察觉作者有意写出一段韵文，也就是说“说着说着，唱起来了”。思果先生认为很不调和，我想在这里给一个解释。

俞平伯的这一篇文章是很独特的，很值得分析，可惜好像少人留意。他描写五四时代的两个青年知识分子（俞和他的朋友朱自清）同逛秦淮河的一些微妙的感觉和反思。开头第3段便说：“小的灯舫初次在河中荡漾；于我，情景是颇朦胧，滋味是怪羞涩的。”为什么羞涩？这里隐隐透露出情欲的萌动。其实此萌动

熊秉明《卧裸女》

在舟发之前已经开始了：“在茶店里吃了一盘豆腐干丝，两个烧饼之后，以歪歪的脚步趸上夫子庙前停泊着的画舫，就懒洋洋躺到藤椅上去了。”这慵懒的肉体和心绪是最缺乏抵抗力的了，外面的些微声色都有着挑逗的作用。第 4 段是：“又早是夕阳西下，河上妆成一抹胭脂的薄媚。是被青溪的姊妹们所薰染的吗？还是匀得她们脸上的残脂呢？”连太阳也是娇艳的，更何况真的少女？他们不仅看见秦淮画船上的姑娘，由于他们的文学知识，心里还想到“六朝金粉”的历史，他们是逃不出性骚动的魔掌的人。

其后便描写诱惑的逼来，描写他们嚅嗫的回答和狼狈的逃避。最后叫船家划到僻静处，回味这一段遭遇：“今天算是怎么一回事？我们齐声说，欲的胎动无可疑的。”

说明了这一点，读者大概也可以猜到第9段由“白”转“唱”的原因了。连用的4个“香”字一方面突出了弥漫河上的刺激感官的甜香空气，一方面点出了用韵的韵脚。接着，这嗅觉的迷醉转化为身体平衡的丧失：“随着她们……荡……”，又连用3个“荡”字。肉体的荡当然也牵连着心魂的荡，有了唱的欲求，并不足怪。他们失去自持，生命失落在荡之中：“何以久沉沦的她们，又何况飘泊惯的我们俩。”就在这迷糊中，作者的心里也还闪出一点似智似痴的火花：“这无非是梦中的电光，这无非是无明的幻相，这无非是零星的火种微炎在大欲的根苗上。”便这一点悟觉也被编入醉舟的荡漾中。

这段咏唱到小船泊岸也就停止：“杨枝绿影下有条华灯璀璨的彩舫在那边停泊。我们那船不禁也依短柳的腰肢，欹侧地歇了。”但是眼中的柳树尚不免是窈窕的腰肢，要等再摇开，划到僻静处，第 2 次停泊，“我们的船就缚在枯柳桩边待月。”柳树才还原为树桩，人也始平静清醒。

思果先生文中还举了一个例子是曹禺改编巴金的《家》。第 1 幕的第 2 场，地点是新婚洞房，人物是并不相爱的新婚夫妇，就在这时新郎觉新还在苦念着他过去的意中人。思果先生说：“觉新和瑞珏有大段独白和对白是诗……曹先生也可以全剧写成一行行的诗。当中插一段不同体裁的文学，怎么调和得起来呢？”无疑，曹禺是有用意的。说这里的台词是“独白”和“对白”并不恰当，既非“道白”，亦非“对白”。觉新和瑞珏并没有对话。觉新讲到瑞珏的时候，并没有说“你”如何如何，而说：“这个人也，也可怜。”瑞珏讲到觉新的时候，也不说“你”如何如何，而说：“他怎么还不转过头来？”两人各自想心里的话。为

秦淮河

了避免和真正说出来的对话相混，曹禺用了京剧里唱和道白的区分。这手法是不是成功，在演出时效果如何，我不知道，我没有看过这出戏。但是读了剧本，认为不调和，则太武断，那么京剧里的白与唱并用的办法先要被排斥了。

当然我并不是反对思果先生提出的“散文忌押韵”的一般作文原则，但是我以为文艺创作里，有相对可靠的普遍规律，却没有什么绝对不可违犯的忌禁。

没有威权才有诗

——看看法国人的诗教

弗莱内教育学会出版的少年诗集，是十分接近日常对话的语言，然而有一种韵味。它们虽是粗糙的、稚拙的，却是真正的诗，是诗的种子、诗的源头……

第二次世界大战之后，现代艺术迅速变化，一个流派接一个流派，相继涌现，各以不同的手段把过去的艺术形式和艺术定义打破、推翻。每个艺术家可以按他独特的想法去制作，直到堆几块石头，挂几条破布也算作品。在这趋势下，艺术教育还有必要么？艺术学校到现在还存在，但是教什么，怎么教，成了严重的问题。早在六七十年代巴黎的私立画院都先后关了门，而另一种图画班纷纷出现了。那是为 3 岁到 10 岁的儿童设的图画班。目的不在传授一套绘画技法，而是用启发的方法，让儿童自由地挥洒，快活地任性地涂抹。还有一种图画班是设在精神病院里的，目的在通过病患者的自由发泄而取得医疗效果。这些儿童画、精神病患者的画都不能以传统的绘画标准去评价，但在现代艺术家的眼光里，却也都是欣赏的对象，甚至更吸引人，因为更能透露人类心灵的一些秘密。

诗的领域里也有类似的现象。我手边有一本少年诗集，是1974年弗莱内教育学会出版的。弗莱内（Célestin Freinet，1896—1966）是法国教育家，他的基本思想是取消教师的威权制，以小组共同工作来激发少年儿童的自觉性、好奇性、创造性，重视实践与理论的结合，最后的目的在塑造健全、独立而有新鲜活力的人格。这集子里的诗是法国不同地区12岁到18岁的儿童和青年所写。选择的原则不是依据传统的标准，目的也不是为推出几个天才儿童（诗的作者没有姓，只标出名，例如约翰、乔治、迦特琳、玛利亚等），而是让读者能倾听这个社会的少年儿童直率的心声。人到一个年纪就会自然地涌起写诗的欲望，在过去的教育制度下，教师就会教孩子们诵读著名的诗作，教给他们诗的规律，让他们学着模仿。这里不然。他们模糊地知道什么是诗，于是把他们的反抗或恐惧、爱或愤怒、欢乐或绝望……用自己的话写出来。这是十分接近日常对话的语言，然而有一种韵味，它们是粗糙的、稚拙的，然而有一种韵味。这该是真正的诗、诗的种子，或说诗的源头。

掬这源头的水，这是一种诗教；品尝这源头的水，这也是一种诗教。

我从诗集中选译了7首诗。译诗极难，我并不抱什么奢望，但盼读者借助我前面的解释去设想原作的意味。

行李报失

昨天，我走了

唯一的行李是一首诗

平凡的诗

说的是
生活不那么美好
我走得很远
唯一的行李是一首诗
诗带着死亡的颜色
说的是属于孩子的事
今天，我回来了
旅行结束了
唯一的行李只是我自己
边境上挨检查
警员说：
“每一个人只准携带一个字
你的诗得没收
有一个字你可以保留”
于是，我继续走
唯一的行李是剩下的唯一的字
可是，字太小了
路上，掉了……

要　是

要是我们在一起的美好的日子
在您心里只剩下一点淡淡的记忆
要是，忽然，你对我的爱消逝了
要是，把我拥在你身边的理由飞掉了
要是，猝然，你对我生了厌倦

你不再是我所遇到的那个
我所喜欢过的男孩
那么我的心将停止跳动：
还为什么活下去？
没有了你，我的世界就什么都没有了
唉，为什么想这个，既然你根本不存在？

可怜虫

在地球上有成群的可怜虫

和总统将军一样多
有成群的可怜虫
和田地里的野花一样多
他们没权利有一颗心
你们把他们的心掏走了
在地球上有成群的可怜虫
和我胸里的叫喊一样多
在地球上有成群的可怜虫
和法律法庭一样多
这些可怜虫
被人用文字碾成粉末
地球上有成群的可怜虫
有那么多，那么多……

大人和孩子

有语言牵连着动作
有微笑附着于眼光

人们互相了解
也许还相爱

秘密地，孩子梦想变成大人
秘密地，大人梦想变成孩子
海，在水平线上，抚弄着天
孩子，早起，感谢太阳
每个诞生的早晨要大人
想起奇异而美的开端

我的心是一切：
是大人又是孩子
有美妙的文字描写生命
我的心，只是单纯地活着

经历爱、自由、温情
奔驰于欢乐、幸福的天和海
存在，在这里，实实在在

我的心，活着

大人为孩子而活着

孩子为大人而活着

生命该同时是孩子和大人

我的心是大人

也永远是孩子

在开始之前

在开始之前

如果人们能知道

如果人们能预料

　一切生命的灰惨的脸

　一切世间虚假的花

　一切的眼泪和烦恼

　一切明天的惧怕

　一切凋谢的幻想，破灭的希望

在开始之前

如果人们能知道

如果人们能预料

　一切欢乐像一阵轻烟

　只留下悔恨

　一切白昼像黑夜

　一切可怜失望的人多得像森林

在开始之前

如果人们早知道

那么人们可还愿意有个开始？

年轻人

你们年轻

　所以喧闹

你们年轻

　所以粗暴

熊秉明《公鸡、母鸡和小鸡》

你们年轻

　所以被判

你们年轻

　所以有罪

你们年轻

　所以坐牢

老，老起来吧

你们就会安静？

直到生命完了

小诗里的空白

宋炜先生：

多谢来信。

数月前曾和一个台北来的留学生谈到我的诗集《教中文》。她说最喜欢的一首诗是《信》。你寄来的一篇文稿也正是讨论这首小诗的，这真是当时所没有料及。

你的文章题为《最精致的猜谜艺术》。诚然，这小诗后面垫衬着一个时代背景，隐含有我们民族痛苦的一段悲剧。

那是1968年前后，大陆上正轰轰烈烈地闹“文化大革命”。我的父母在北京，父亲是数学教授，被定为“反动学术权威”，当作斗争的对象。父亲已经老病，步履艰难，母亲搀扶他去参加斗争大会，晚上陪他写交代到夜深。他们和国外通信便有“里通外国”的嫌疑，所以家书稀少，来信也缩短缩简，以免更惹罪状，信的内容逐步趋向诗中的那几句公式。有一天夜里，我睡在床上，忽然这几句话凝成巨大的图形，像冰山，立在极地的地平线上，冻结在胸口，使我无法再静卧，于是披衣起来，把它们记在一张纸条上。

第二天，看见桌上的纸条，自己也怔住了。

我那时在巴黎东方语言文化学院教中文，对初级中文也很感兴趣，觉得简单的句法别具奇异的魔力，似乎回到和母亲牙牙学语的童年，咀嚼到语言源起的美妙。我有意无意地尝试用最简单的语言写最单纯朴素的诗。我想做一个试验，就是观察一句平常的话语在怎样的情况下突然化成一句诗，就像一粒水珠如何在气温降到零度时突然化成一片六角的雪花。

第二天，自己也怔住了，好像看见一片小小的雪花。

同时我的心十分沉重，这清莹的雪花原是一滴水珠，原是我自己的眼泪。这雪花颇像中世纪《圣经》手抄本里绘着的十字架，架上饰着缠绕的花藤，花藤把苦难的象征装饰得很漂亮。

1969 年父亲逝世，他没有能熬过“文革”。1972 年我印了一本小诗集《教中文》，这首诗也选在其中。我没有做任何注释，只让读者自己去理会。是谜也好，非谜也好；是眼泪也好，是雪花也好；是藤萝也好，是毒草也好，我自觉是应该留存的自己经历过的历史痕迹。

在那个年代，儿子所盼望知道的是母亲还活着，在世界的那一边。母亲所要知道的也就是儿子还活着，在世界的这一边。我能禀告母亲的是：我好，我还活着。母亲能安慰我的也是：她好，她还活着。其他的一切，生活的情趣、身边的苦乐、大小的欲愿……都没有意义，都是奢望，都成虚妄，剩下的只有生死的相问。

母亲幸运，活到“文革”结束，活到父亲的平反。她在 1989 年过世，享寿 96 岁。

你在文章里提出了两个问题。这是一首诗么？你肯定地说是的。你又问：5 个字的家书令人难以相信，母子之间怎么可能没有别的话好说呢？

你给的回答是：家书的字数也许不止这几个，但

莫奈《雪中的塞纳河畔》

是其内容化约了，也就是这 5 个字便足以涵盖。在中国人的世界里，亲情含蓄不露，很有可能出现这样的家书。

你又补充：如果母子之间久无音讯，一切难以从头细述，只好用“我好，你好吗”来表达所有的关怀。

最后你说：“两句之间的大片空白任由想象，任由填补，一切尽在不言中了。”

谢谢你对这首极小的小诗的诠释，指出来大片空白，然而，你大概不会想到，在这大片空白里，要放进一个古老民族的史无前例的时代。

附原诗：

信

昨天母亲来信说
我好
你好吗
我给母亲回信
我好
您好吗

1992 年

关于20首组诗的解释

我在台北展出的不是书法展，而是一个观念艺术展，书法只是观念展览中的一部分，是有关艺术的许多思考，是把观念当作塑造的材料，捏来捏去，这也可以说是观念的游戏。

这个展览展出了20幅整张宣纸，抄写了20首组诗，但是这些书法是反书法的书法，并不希望写成某体、某家的书法；相反要写出一种最原始、最平凡、最质朴、最自然的书法，这书法让观众忘记书法，去捕获观念。

而这些观念是关于艺术的，关于现代艺术的虚伪、市场化、荒诞化，我在展览会中嘲笑展览、怀疑展览、希冀展览、逃避展览。

肯定展览的同时，也否定展览；

是展览，而展览一个展览，又不是展览。

书法只是展览会的桌子、椅子、作品、墙、屋顶……之中的一部分。书法不是独立的作品，而是作品的一部分。这许多诗句也不是独立的作品，而是作品的一部分，正像一幅画的一种颜色，真正的艺术是看不见的。

至今没有一个人认真地去读这一个展览会，更不要说懂得这个展览会。

也许有一个，那是我的一个大学时代的老同学顾（按：顾寿观），他是我们西南联大同时代哲学系的懂得什么是哲学的人。

关于赏析
——苏轼《饮湖上初晴后雨》

刘松年《四景山水图（春）》

开放政策以来，约十年间，出版界一时大为活跃，大量新书出现在书店里，有两类书最为吸引读者：一是西方现代文艺和哲学的翻译和介绍；一是中国古典文艺和哲学的重读。古典名著纷纷有了新的选本和评注，而且出现一种叫作“赏析”的书，是当代人对古典作品的欣赏和分析。这当然是很可喜的现象，可惜这些“赏析”的文字往往令人失望，这里举一个例子。

苏轼有咏西湖的一首小诗，近千年来广为传诵。

水光潋滟晴方好，山色空蒙雨亦奇。
欲把西湖比西子，淡妆浓抹总相宜。

在1985年出版的一本《古典文学名著赏析》中，有了这样的说明：“诗人以丰富的思想、深远的意境、浓郁的感情赞誉了西湖的多姿美景。”这些用词“丰富”“深远”“浓郁”都不着边际暂且不说，使人愕然的是接下去的一句：“倾诉了对祖国大好河山无比热爱的衷曲。”此诗中的西湖和“祖国大好河山”是两种截然不同的意象和意境，竟然被作者拉扯在一起。大概在作者的评价系统中，任何自然风景都必须是“祖国的大好河山”，任何描写风景的好诗都必须是“对祖国的大好河山的热爱歌颂”。文章里再三把这意思着重地说出来：“对祖国河山有深厚感情的苏轼……”“我以为这固然是由于诗人对祖国大好河山的无比热爱……”显然，这是犯了“教条主义后遗症”。苏轼写这小诗的时候，并没有想到“祖国大好河山”，也没有要表现“无比热爱的衷曲”，四句的小诗也说不出“倾诉”。

只要看一看诗题便明白的：“饮湖上初晴后雨”，这是一首即兴的绝句。苏子和朋友携酒泛舟湖上，先晴后雨，朋友顿觉懊丧，苏轼游兴不减，当时口占此诗。意思很明晓：“下雨有什么不好呢？雨中的西湖也有奇处，像西子的淡妆，我们且欣赏湖山的空蒙吧。”舟篷下的新句，舟篷外的雨景，相互映发，更增泛游的乐趣。这一首诗不是孤立的，当时苏轼共吟了两首，意思都在劝客饮酒赏景。第一首较少人知道：

朝曦迎客艳重冈，晚雨留人入醉乡。
此意自佳君不会，一杯当属水仙王。

从这一首诗看，可知他们是从清早便入舟了，飘泛了一整日，傍晚时落了雨。朋友觉得扫兴，酒也喝得

董邦达《苏堤春晓》

不痛快了。苏轼偏偏兴致很高，以诗来调侃：“你既然不能领略雨游的佳景，不能陪我畅饮，我只好邀水仙王喝一杯了。”这里的“水仙王”是指湖上水仙王庙的神灵。两首比较，第一首口气戏谑，太着痕迹，含义浅狭；而第二首只写自然，劝客的意思不显，内容更有普遍性，而形式又十分完整精美，于是流传为咏西湖的名诗了。

赏析的文章说：“诗的开头两句，意境邃远，情趣盎然，它概括地描述了初春季节的西湖。”其实，从诗中我们是找不出“初春”的踪迹的，这是评者考证出来的，注明了此诗作于初春，对此诗的理解没有增加，倒也没有妨害。接下去的解说是：“在明净澄清的西湖湖面上……穿梭的画舫游艇频频游弋，悦耳的歌声笑语盈盈于耳……而雨天的西湖，却别有一番迷人的神韵，美丽的西湖和碧山诸峰，亭台殿宇，全都被笼罩在晶莹纤柔、迷迷蒙蒙的雨雾中，宛如妖艳害羞的新娘头上蒙着一层薄薄的绢纱……”下面还有，我想不必再抄，因为愈说愈远，作者自己在写文章了。最后的结论是：“这两句诗……把西湖的景色描绘得典雅恬淡，栩栩如生。”两首诗里都没有讲到湖上有无游艇，可能并没有，这问题与本诗不相干，更没有什么歌声笑语。这一种无中生有、添物补景的解说也是近年一般“赏析”的通病，把作品原来没有涉及的事物硬加进去，然后说作品的描写如何“多姿”“形象化”“栩栩如生”。这无宁是对原作者的嘲弄：“东坡先生，你没有写到的，我都替你补上了，你写得真丰富周到啊！活泼而形象啊！”这病可称“添花补景症”。

至于谈到这诗的风格和特点，文章用了许多不恰当的词汇，如前边我们已引到的“丰富的思想、深远的意境、浓郁的感情”，等等。

又例如“这种别开风韵的写法……造成意境的跌宕、层次的波澜……”“仅仅只有28个字，竟能把西湖的美景描绘得如此酣畅淋漓、回肠荡气”，这是滥引古来惯用的评文词汇，这类词汇未尝不可用，但这里不相符。如果只读这“赏析”，不读原诗，看了“深远的意境”“层次的波澜”“回肠荡气”，会认为在讲怎样长篇巨构的大块文章。其他还有“诗中联想丰

郁希范《苏堤春晓》

富”，所谓联想当指从西湖阴晴联想到西子，怎能说联想丰富？又说“对客观事物的精微观察”，在什么地方表示了“精微观察”？这一病可称“乱贴标签症”或“随意归档症”。

严格地说，“赏”是“欣赏”，“析”是“分析”。写“赏析”有点像导游的讲解，要活泼、生动，也要切题，要有根据。

诗的国度

—— 优越和缺陷

我来到一个“诗的国度”。

杂诗的数目，诗集的数目。

诗风的丰富。

“诗的国度”也许会引起错误的观念，就是“神仙的国度”“美的国度”“幸福的国度”“诗意的国度”。

不，我们知道诗“穷而后工”，诗往往也会在苦难不幸中产生的，比如杜诗。

诗的产生和幸福与苦难没有因果的关系，有人在幸福之中吃喝玩乐，没有诗。有人在不幸中受尽折磨，没有诗。

诗是对于生活的一种观照、玩味，无论这生活是甘甜，是苦涩，是一种人生态度。

这态度有其优越性。

跳出人生，反观人生。这是一种哲学，却不是哲学理论。寻得生活的形而上的意义、超越的意义、深一层的意义，显示出深一层的自我——优越。

因为跳出自我，这也就有逃避、有虚构。寻找虚构的幻象，陶醉于文字的游戏，没有文字的游戏，就没有诗，如果只有文字的游戏，也就没有诗——危险。

现代精神

我参加诗奖评审工作，在我是平生第一次。我写过几篇分析诗的文章，深知分析诗的困难。分析之后还要评个这一篇第一，那一篇第二，这不是困难，而是不可能的。我一向这样认为，就像在水果中评个苹果第一，香蕉第二。

我接受了台湾《中国时报》邀请参加评审之后，遇到朋友，特别是诗人朋友，特别是参加过评审工作的诗人朋友，便请教："评审诗，可有什么方法？"然而我未能获得什么肯定的答案。过香港遇到余光中先生，他说："你去读那些诗，自然会感觉出好和不好来。"

接到一大叠打字诗稿时，我慎重而好奇而忧虑地读起来。给我的第一个印象是这些诗的充实性和成熟性。这六十余首长诗都是经过精选，淘汰过两次的作品，每首都显然是久加锤炼的。主题颇不相同，不同主题的作品很难比较，一首田园诗和一首情诗便难比较。但许多诗中我却也有着偏爱，根据这偏爱似乎也可以判个高低。我首先偏爱以现代生活、现代问题为主题的诗篇。由于内容的支配，这些诗的形式也比较新鲜、惹目，是现代风的，有令人惊愕、惊喜的造句和遣词，而且打动人。

好的艺术品固能超越时间性，但是也必有浓厚的时代性，文艺奖是对一个作品的超时间的价值给的肯定，但是也应该是对它的时代性的肯定，它是同时代人对它的称许，认为它说出了当时人要说的一些话。

以崭新的语言技巧写以现代生活为主题的诗有五六篇，都使我读后感到一定的满足。在这篇短记中我不可能对我们评出的第一名《蜕之后》做深入的分析，我只简单地说这首诗给我的印象。

这一首诗具有很大的密度，这密度从引言便开始。

这段话没有断句，是许多句子凝聚黏着成的一长句，很难断读，但似可断读，闪动一些奇异的景象，有宇宙的广度，与太初同长；而且是时髦的、当今的，好像核爆之后，房屋的钢骨架间和砖石水泥以及室内的器皿，器皿里的珠宝、古玩……都在销镕后又凝结为一整块怪异塑造。

这一首诗描写核爆带给人类的新意识。不但宗教的神话已经失效，连政治家的谈判也都无力。连着人类最基本的爱与欲也都“寿终正寝跌进电脑记忆单元”“所有玫瑰都该眠爱情的冬蛰”。所谓新意识其实是冷的电脑的意识，“无生物替生物守着墓”。这首诗里的生物是试验室里的果蝇，从癌症病理实验室逃跑的白老鼠，被核爆哄骗而扭坏了脖子的向日葵。一切生命都被封闭在人造的怪异的世界中，这样的“科幻”题目当然也是近年文学家、诗人所常写的了，但不妨碍这是一篇力量甚大的作品。

每一句话都经过了锻炼，可以说抽出任何一句话，都足以反映出全诗的精神。第一句便立即把读者带入紧张的气氛：

亲爱的H当教堂的钟声搁浅在

口吻是严肃的，而带超乎痛苦之上的讽嘲，如：

……亲爱的H你早说
学着这应以辐射感染程度
做身份归档的生涯

又如：

对了，亲爱的H
提起圣水我们必须重新
丈量设在脑中祭坛的重心
建立属于全宇宙的宗教
奉铀元素为偶像
以相对论为圣经的宗教

当我们伏跪原子炉前顶礼

诗的造句法完全是散文性的，这散文性使这首诗与传统的音乐性的诗截然割断关系。如果把分行形式改为散文连写，便化为散文。可以说这首诗之所以为诗全靠“分行”，完全凭“分行”来制造诗的节奏，而这节奏与其说是音乐的，无宁说是思维的。

亲爱的H当教堂的钟声搁浅在

这一句截断在“在”，这“在”字不与任何句押韵，它居于句末，使读者在理性思维上产生刹那停留、期待、好奇，要读者准备下面的重要说明：“黄昏五点四十分”。下面：

教士无法再借耶稣的名

“借耶稣的名”做什么呢？又是一顿，把读者的注意力拉住，要读者注意谛听下面的说明：

散播大审判妖言并且

这“并且”又是句末的提醒，又要求读者振起、注视、倾听。所以这些断句可以说是思想的节奏顿挫，思想的韵。我个人以为这手法在全诗中似乎还可以发挥得更充分。西方浪漫主义诗人采用跨行句，诗句断在并非逗点、句点的地方，然而仍然为重韵脚。这里连韵脚也弃而不显，跨行的主要效果是造成思维的波浪、理性的步音。

用词常有强烈的对比：

烟囱残骸无烟
狂奔的静物
嬉皮癫躺建国英雄雕像下

也有巧妙而强烈的意象构成：

五〇机枪跌坐野地凭吊

战争　哭不出一排子弹

向日葵为了刹那认同几朵夕阳

扭伤了脖子

我不敢说完全懂这首诗，有些部分是相当晦涩的。但是我读这一首诗的时候确实感到它饱满的力量弥漫在每一局部，虽然它不指出希望，但是蕴含着生命的果敢和活力；虽然描写了许多畸形与荒谬，但绝非苦闷和颓废。有现代人面对现代文明的惊恐，也有现代人走向前去的应战精神，现代人只能去应战，我们每一个。它把宿命的哀伤提升到大明智大悲感的沉着与执着。

杂论诗

这一首诗有两个句子，每一句自成一阕。两个句子的语法都很正常，完全符合日常语言规则，如果不分行写出来，便是两句散文：“你一会看我，一会看云。我觉得，你看我时很远，你看云时很近。”如果依了这形式写出来，多数人就不会觉得这是诗，至多是有诗意的两句话而已。

那么，这里我们很简单地说一个问题，就是诗的分行。

分行写诗是从西方来的。中国古人写诗从不分行，题在画上的诗还避免写成一行一句。这里大致有两个原因：

一是中国诗句字数固定，容易辨读，不必分行。

西方诗虽然节拍有字数，但字长短不一，看起来不方便。

二是西方语言有词尾变化（屈折），字与字之间的关系明显而严格，作为表达逻辑思维的散文很细密、严谨，作为诗的诗言反而灵活。诗把一些逻辑上、思辨上不一定有关的东西组合起来，给读者以特殊感受。中国文字的自由配合性强，适于诗的表达。比如《镜花缘》里有个“绿香亭”，绿和香两个字的关系又是如何，很难说，有多种可能性，可以是“带香的绿色”，可以是“绿得发香”，可以是“又绿又香”“一片绿与香”，甚至也可以是“绿中有香，香中有绿”。总之在思维层次上，两个字的关系是含浑的，然而我们接受这种含浑，并且欣赏这含浑。其实，在感觉的层次，绿与香本来没有主从的区别。我们的眼睛看到浓郁的绿，同时，我们的鼻子闻到浓郁的香。两者并没有哪一个去规定哪一个，绿不形容香，香也不形容绿。我们同时浸沉在两者的包围中。我们不但接受这拼合，而且加以欣赏，因为这拼合很少见，而给了我们以鲜明的感受，这亭名点出了亭子的处境。

“绿”通常说叶，“香”通常说花，说到香，眼睛里便看见艳丽的彩色，而在这里只是绿，眼前迷漫着深深浅浅的绿色的阴翳，只是不见花朵。鼻子里侵袭着嫩叶的芳香以及青苔、碧草、竹丛、垂柳、润湿泥土、池塘的萍藻混合起来的气息，那么说“绿色的芳香”也未尝不可的，抓住了环绕的景物的特征。

我们需要把“绿”和“香”两字的关系确定吗？不需要。确定之后，意义限于一个，在思维上比较清楚，在诗意上却大为逊色。若要译成西方语言，非把两个字的词性确定不可，怎么办？大概只有译成两个并列的名词，避免其中有规定与被规定的关系。但是在中文原文里，也并不排斥这一个规定与被规定的可能性，所以蕴涵丰富得多。

又比如“春江花月夜”5个字的关系也如此，它们可以是“春江、花月之夜”，可以是“春季、江畔、花时、有月之夜”，等等。总之把它们罗列在一起，让读者自己去体会、去感受诗的韵趣。

以上是说中文单字，因为词性不明确，它们的组合是并列关系，往往含有思辨上的含浑，但是若善于运用这含浑，则可以造成多重意义的诗的效果。

“绿香亭”只是一个词，“春江花月夜”只是一首诗的题目，而这种并列关系在句子里也有，在句子与句子之间的关系上也有。

“鸡声茅店月，人迹板桥霜”是两句诗，但没有主语宾语，句中罗列了一些名词。从语法上看来，是不完整的，但作为诗句说，却是好的诗句。其他如“细草微风岸，危樯独夜舟”（杜甫），“枯藤老树昏鸦，小桥流水人家”（马致远），这样的例子很多，不再多举。

再引申到句和句的关系，两句话是连接着说的，然而如何连接却不清楚，只是平等地举出来。

锦江春色来天地，玉垒浮云变古今。（《登楼》）

这两句话译成散文，便可能是这样：“看那锦江天地间正是一片春色来临；又看着西北玉垒浮云兴涌，古今以来，知有多少变幻？”这不是说为了解释自己的意思而做的翻译，这是《唐诗三百首欣赏》（刘大澄译注）里的译文。我们可以发现译者为了使两句有关系，加了“看那……又看……”。两句的关系，在散文陈述里需要有所交代，在诗里则不必要。这两个在眼前呈现的景象平列说出，让读者自己去做对比，去感受垂老多病、秋日登高远望所见的悲凉苍茫。

西方语言逻辑性太强，语法太严密，于是利用了一种物质的割切的办法把句子的关系或句内成分的关系变成并列关系，这便是分行。

中国的白话诗是平常的散文语言，要把丝丝入扣的散文句法打散，邀读者在散文陈述之外，更用另一种眼光去观照，便不能不利用分行。如果不分行来写，就只是一句话，比如俞平伯的《到家了》：

卖硬面饽饽的，
在深夜尖风底下，
这样慢慢地吆唤着、
我一听到，知道“到家了”！

一句话截为4个单元，它们之间固然有主、谓、定、补的种种语法关系，现在把它们各自独立，平排写出来，给予一个新的安排，邀读者做新的读法，于是“硬面饽饽”“深夜尖风”“慢慢地吆唤”“到家了”等意象。从思维的逻辑关系转为感觉的同时关系，正像绿香亭中绿和香的关系，于是我们通过这关系做了诗意的玩味。

此时，如果诗有韵脚，有重唱，那么一经分行排列，韵脚便突出了，环回反复的样式也明显了。同一首诗，换一个分行法来写，往往可能变成另一首诗。例如马雅可夫斯基的诗、田间的诗，如果不按照他们短节分行的样式写出来，原有“击鼓式”的激情就会大大削弱了。

看
白的蝴蝶
像剑
闪过去。

（田间《蝴蝶》第1段）

分行写，散文就成了诗了么？我们当然不会幼稚地点头，但是这样的话是可以说的，分行时，作者是认为他写的是诗，是希望读者当作诗去读。

现在我们回来看《远和近》。这一首诗也是平顺的口语，如果不分行，便会停留在散文的领域。

不过我们曾在前面说过，若用散文形式写出来，“至多是有诗意的两句话而已”。为什么不分行写，也仍然可以有诗意呢？当然分行不是唯一的，也不是首要的诗的特点。诗意还含藏在其他成分中。这首诗之所以为诗，我想还有两点可以指出来。

一、这两句话有相当整齐的偶式排列，这偶式的排列暗示叠唱的反复回荡的音乐性。不分行写也存在，不过分了行，就更明显：

一会看我，
一会看云。

和

你看我时很远

你看云时很近。

二、“远”和“近”两个词在句中的含义，使我们惊讶，在思辨上遇到了阻挠，使我们不得不从思辨层次跳到诗的层次去领会，现在我们就这一方面进行讨论。

西斯莱《阿让特伊的塞纳河》

诗的语言

“关关雎鸠，在河之洲，窈窕淑女，君子好逑”，前两句与后两句的关系是平铺罗列的。也即是我们认为诗所特有的组合关系，散文里不可能有。如果有，那就是诗的散文。

这一种平铺罗列，使我们看到作者给我们选出一些事物，杂陈在一起，却不说出他们如何组织起来，这关系让我们去猜测。因为是猜测，就有着不定，让我们可以咀嚼，一再咏吟、咏味。比如上面提到的“绿”“香”两个字，让我们可以反复咀嚼。这是“又绿又香”“绿中透出香来”，是“香的绿色”“绿荫的幽香”，翠绿到了香的程度，其意义内涵有多重的可能。这是所谓“缠绵悱恻”（朱彝尊《陈叟诗集序》

“夫作诗者，必先缠绵悱恻于中，然后寄之吟咏以宣其心志”）。

句与句的关系是平铺罗列，句与句之间也同样有一种中断、空白。这空白让读者去意会、去捉摸。而他捉不住，把不定，又似乎能把握，会得作者的用心。像前面的例子，就诗层次说是多义的；就作者用心说是模棱的；就语言层次说，诗迫着读者去反复咏味；就作者用心的层次说，这样的诗逼着读者去反复回味。

所谓“只可意会，不可言传”者，这里的言即我们所说的散文语言。意会者是说这样的拼合并不是完全荒诞、不可解的，这拼合造成一种意味，一种难说明的感觉。诗的意义，是多重的、模棱的。如果用散文的话说出来，意义便说定、读死，只剩下一个意义，没有咏味的余地了。

常有人说诗必然是朦胧的，就是在这意义下说的。朦胧之所在，就在有着中断与空白、多义和模棱。

讲到这里我们也就必然触到中国语言本身的特点，即中国语言是以平铺罗列的关系组织起来的。

所以从这个角度说中国语言是诗的语言，西方屈折语言是散文的语言。要把散文的语言作为诗的语言使用，就有必要把散文的扣缀关系打破。打破的方法很多，分行是其中的一个，这就很自然地出现了分行写诗的需要。

也是从这个角度，我们可以认定，这一首小诗是散文的语言形式，如果不分行写出，也就只是散文。如果我们认为它是诗，在语法层次上并不朦胧，并没有语义的缺陷或模糊。它之所以被称为朦胧诗，原因在别处。

关于《春、夏、秋、冬》

春、夏、秋、冬——有、是、所以、在

春

又有了山

又有了水

有了云

雨已经绿　苗

都在有中

有有的感觉

有有的喜悦

熊秉明《春雨贵似油》

夏

是

在是的途中

渐渐　是

向密度

向圆度

更浓郁地　是

更实在地　是

更　是

更是　是

一个一个自己

秋

秋

所以

菊

　菊

　所以

　秋

然而

葡萄　红

酒

冬

雪思

故雪在

河在

大地在

远在近中

近在远中

人

在

诗人不该为自己做注释的。当然也有例外，我不愿意算作例外。我们之间相差了四十多岁，有些思想

熊秉明《夏日的村庄》

和情绪或者要做些说明，你才会明白。既然是自己家里的人，当作家常话去听，不必太认真。

这组诗大概哲学气很重，我自己知道，多少有点故意的。因为这些年头，我常读到评诗的文章，说某某诗如何好，因为如何形象化。我以为这是很错误的想法，形象化怎么成为诗之好坏的标准呢？“此中有真意，欲辨已忘言”有何形象呢？“无边落木萧萧下，不尽长江滚滚来”，诚然形象化，但其好处不在形象化，而在于是刻画出某一种情景，或者说意境。没有意境，徒然描写形象，并无意义。

《春》和《夏》两首突出地用了两个哲学里的基本观念：“有”和“是”。

冬天长期阴暗，山隐在烟雾中，水藏在冰雪下。春来了，山露出来了，河解了冻，水淙淙地流，人惊觉地看到“又有了山，又有了水”。云也不再是一块铅板压在头上，而有一圈一圈松松的、轻轻的、飞去的云。雨也有了，而且落在大地上，草木秧苗都笼罩在雨中。雨是绿蒙蒙的，有了草，有了苗，本来都没有的，现在都有了。这有也就是生命的出现，这生的感觉也即从无到有的感觉。“一切在有中”——仿佛有一个茫茫的“有”弥漫在天地之间，我自己也感到生命的新生，血流得畅快，呼吸也特别舒松。

我重新意识到存在于这个世界，所以有“有的感觉”。这生的感觉也是生的喜悦，所以有有的喜悦。

“是”和“有”的意思不同，“有”是“存在”

的意思。“我家后园的墙外‘有’两棵树”指存在；一株“是”枣树，还有一株也“是”枣树，则指类别。春天一切事物“有”了之后，还要发展、要成长。开始，幼苗都像小草，胎儿都像蝌蚪，在发展中，就渐渐有了分别。是稻子的渐渐抽穗，成为稻子；是青蛙的，渐渐长了后脚，长了前脚，成为青蛙；果子开始都是青色的果，然而是李子的渐渐是李子，是苹果的渐渐是苹果。是苹果的越来越是苹果，它们并不一开始就是苹果，它们在“是的途中”，渐渐成长，有了苹果的圆、苹果的色泽、苹果的重量、苹果的芬香，它们渐渐“是”苹果，“更是”苹果。终于苹果是苹果，梨是梨，完成为一个一个自己的面貌，完成一个一个自己的生命。整个长夏中，经受阳光的焙烤、雷雨的浇溉，那是“是”的过程，“是　在是的途中”。

秋，人们都想到结实、收获，我把结实与收获当作夏的，“是的”阶段去了。作为一个中国人，想到秋，便想到菊。我，记得父亲，你的祖父，最喜欢菊，在诗人中他最喜欢陶渊明，秋与菊有了因果的关系、

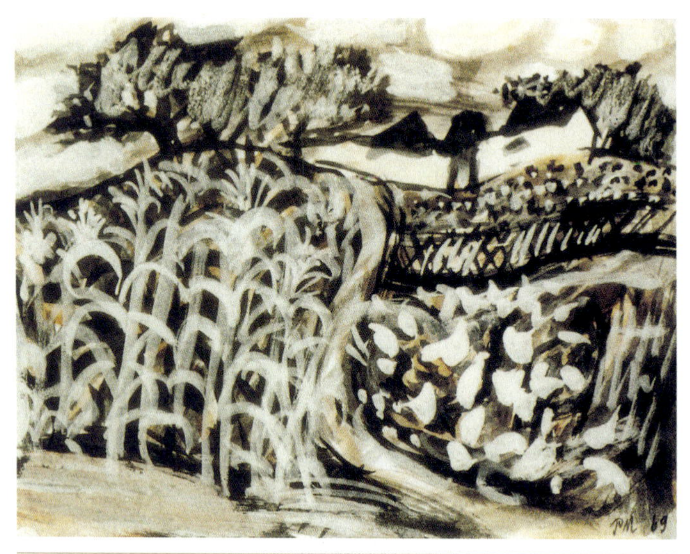

熊秉明《高粱杂群》

“所以”的关系。然而我的另半生竟是在西方度过的，西方的秋是葡萄的秋，看见葡萄的颜色，也就从而看见它变为酒的颜色、酒的醇味。

冬是一片悄寂、凝止。雪在大地上，似乎在沉思。雪在沉思时，雪也就静止不动。“雪思，故雪在”，这句话是从法国哲学家笛卡儿“我思，故我在”那里套来的。他对宇宙以及自我有怀疑，最后发现唯一不能怀疑的命题是“我正在思考”。我现在在思考，那么，

巨然《雪图》

作为思考主体的存在也是存在真实的了。但是我们也被迫想一些生命的基本的问题。这“在”是很抽象的，也可说是唯心的。冬天，我们没有耕种，没有浇溉，没有收割，我们作静观。尤其雪覆盖大地的时候，我们觉得一切被封冻。不过，河在，大地在，远方的东西轮廓分明，看得清清楚楚，近得似乎我在跟前。近的事物又冰冷瑟缩，不容我们去抚摸接近，似乎避开得很遥远。远方的人，我们想起来了，仿佛他们在附近。近处的事，特别是自己，在这些日子里，忽然用另一种眼光去看、去想，把自己推远了，冷静地分析、设想。

哲学上的一些基本问题就是“有”“是”“在”“所以”。“所以”有两种，一种是“因果”的“所以”，有某原因，所以有某结果，“冷到冰点了，所以结了冰”。一种是“目的性”的“所以”，有某种的“所以”，有某种行动，“我要出去踏雪，所以穿上大衣”。还有一种“所以”是“本质特征”的“所以”，因为某物有某种特征，所以某物为某物。例如，因为这只鸡会生蛋，所以是母鸡。这里的“所以”属于第几种呢？

一首诗写后

一

巴黎今冬全无寒意，12 月间只是阴沉沉的，妻和孩子们都到瑞士滑雪去了。一个从中国来此不久的侄女在家，煎烙饼，煮白米粥，吃点泡咸菜。这样一来，谈谈国内的事，放假的日子里便失去确凿季节，便也失去地域的感觉。

坐在窗前静看外面寂寥的疏林衬着灰色的天空，似乎悬空于时空之外，想象瑞士的雪山，孩子们在雪地里滑雪的情景，都不甚真切。似乎同时有夏日的瑞士偏在脑际浮现，其真实性并不下于雪的湖山，有什么理由怀疑那边不是正有很热的太阳照着麦田呢？也有早春的景象窜进来，那是尚有积雪的时节，有一种细小的叫作“破雪开”的白色铃形花，在草地里从残睡的雪层里冒出来。春的瑞士，夏的瑞士，秋的、冬的瑞士都在我的脑子里好像幻灯片一样映出来，组合银幕一样的错落隐现，我似乎也很满足于这想象中。

我身边没有雪，并不感到怎样的遗憾。我似乎已经看透造物者玩弄的花样，不需要再去惊骇于花开叶落。我对大自然有些疏远了，要我再去雪里打滚，感觉雪花掉到颈子里的寒冽？

在雪橇的飞驰里感觉冷风在面上削过去的冷气，似乎不必要了。我或者真的是“老”起来，不再好动，我就对着这失去季节和地域的窗遐想。

但是我不愿真的“老”起来。我希望只是因为对着这中性昏灰的窗，所以四个季节都同时到来。只是觉得过去的生命中的许许多多的春、许许多多的秋、许许多多的夏、许许多多的冬就混搅起来，被蒸馏过，滴到笔端。这或者也就是一种“老”的征象吧。于是写了四首小诗，叫《春、夏、秋、冬》，或者一首小诗，叫作《四时》。

我一向写诗是这样的：让诗自己跑来。

这当然是普通一般人写诗的办法，决非诗人的办法，我没有缪斯的缠绕。我不会骑了驴子去寻句，更没有写长诗、写组诗出集子的念头。

近人又把“意境”一词提出来反复讨论，大致都同意“意”指内心的感受，“境”指外界的物象，意境则是两者的交融。我常惊异有一些话是诗的句子。

几月没有诗，几年没有诗也可能；一天写出几首也有过。半夜醒来，有诗，在黑暗里浮现，起来开灯，昏昏地录下来的事也有过。

12 月在失掉季节的窗前写出来一些“四时”的断句，改了不少，拼合调整，写出来，似乎还有意思。很想知道铅字印出来是什么样子，好像画完成了，要框起来，雕像塑成了，要铸成铜，然后可以比较客观地，

熊秉明《窗前书桌》

也比较严格地去看。于是誊下来附着一张贺年卡，放进一个航空信封，带着轻松的岁暮假日的心情寄出去了。《时报别刊》很快地印出来了。自己一看，则颇吃了一惊，不但不满意，甚至简直不相信是自己写的。究竟是怎么一回事，自己也有些茫然，后悔自己当时的轻举妄动。然而错已铸成了，很后悔没有把它放进抽屉里，让它酝酿成美酒，但最糟的是同版上竟有熟识诗人的文章。自己的一时好奇游戏，要被锐利的眼光扫过，这可真是狼狈。

我曾写过一些小诗，那真正是小诗。“小”的意思有好几层：

一、短；二、字句简单；三、内容也浅近。因为实在可说小，所以在这里引个例子，是很容易的。

妈妈　我爱你
妈妈　我冷
妈妈　我睡不着

这开始数句都是孩子常说的话，我喜欢这些儿童的话。我觉得这都是诗，至于最后三个“妈妈”是不同的，第一个“妈妈”是对话的声调；第二个“妈妈”是呼唤，拉高了声音；第三个则是带着紧张而恐慌的叫喊，妈妈到哪里去了呢？死掉了？被抓走了？或者只是睡熟了？不知道。

这诗便是我上面说的，是半夜醒来，黑暗里浮现出来，在半昏睡中记下来的。第二天醒来再看时，自己吓了一跳。那是十年前的事。那时我读到一册梵高给母亲的信，读到法国画家勒内（René Magritte, 1887—1981）给母亲的信，而我给母亲就贫乏可怜到那样境地。

这次的《四时》完全不同，和一向原始的简单的孩子的句子完全相反，我似乎故意借来了一些哲学的逻辑的术语来穿插，简直有点理学气了。又有点玩弄哲学名词，也许在这玩弄中还有点孩子的淘气，但却又不太够。

我自己也奇怪为什么跑出来这样的诗。我也不拒绝，任它跑出来。但我想知道其来由，想来想去，找到了下面几个：

（一）我向来在诗中所用的词汇结构太简单了，哲学样的词汇都被遗忘冷漠。这次它们不服气，一股脑儿都出来游行，要求它们的存在地位。

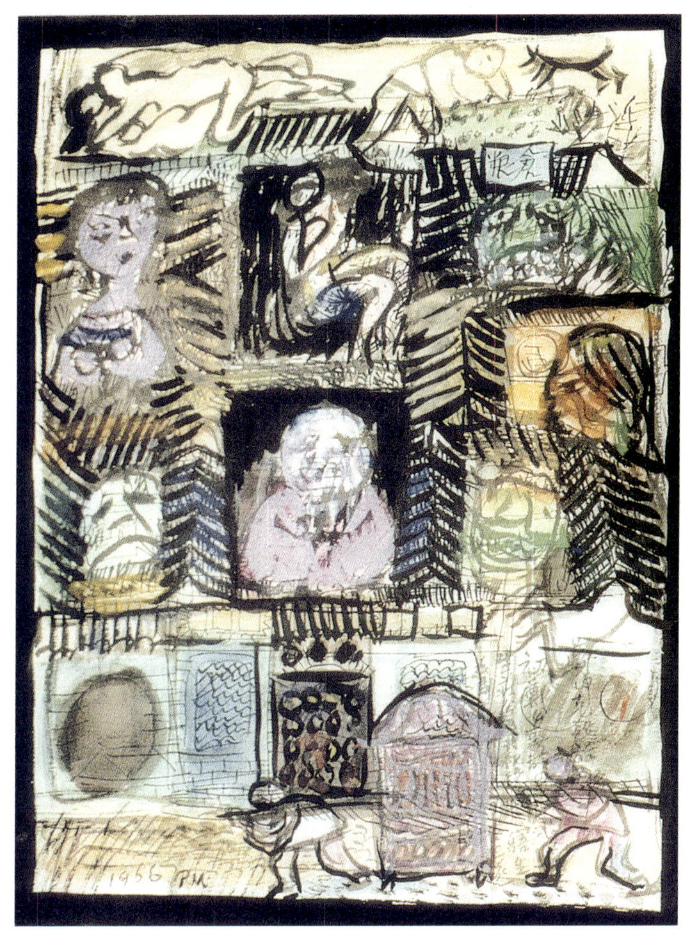

熊秉明《大杂院》

（二）近来人们纷纷议论形象思维，把诗的语言和形象思维同等起来，我不信这一套论说。

说现代诗

一

我在1992年去北京举办一个书法学习班，名为“书道班”。

这是系列性的三个书法班的最后一个，其他两个是“书技班”“书艺班”。

在《中国书法》杂志中有这样的一段介绍：“熊先生认为这期书法研修班可称‘书道班’，而1985年研修班为‘书技班’，1988年研修班为‘书艺班’。由‘技’而‘艺’、‘艺’而‘道’是他对书法规律的理解。”

这里没有言明的是，我以为“书道”不易轻易谈，必待有相当成熟的反思和长久的实践，必有时间的因素在其中。我给自己一个期限，便是70岁。1992年我正满70，我决定举办这样一个“书道班”。这倒不必是表示自满、自傲，自己认为已有所悟，有了讲道的资格。无宁说这是给自己一个考试。既然到了这个年纪，对生命和艺术应该做一个回顾和类似总结的领悟，即使仍然有所迷惑。和比我年轻的同道，也必须把所悟和所惑都摊出，也许对我也有用处。

我把这意思和一个西方雕刻朋友谈起，他说他只想在工作的进行中暴卒，有一天在工作室中昏过去跌倒，也就一切中断，他不想做什么反顾与结论。我想这可能是很多人的态度，但是我自己不能，我对自己的过去不免要回顾，看看曲折的来路，看这曲折的图案，有一个什么意义。

访问林亨泰的一文《有孤岩的风景》（桃集）中林亨泰曾经说：“我很幸运，遇到江萌先生仔细地读了我的诗，并下了很多功夫，写了诗评。”

“很幸运”的说法，在我的方面，也有同样的感觉。我读到《风景（其二）》是非常偶然的。大致是1962

前后丁雄泉从美国寄来一本中文杂志《大学生活》，其中刊着这一首诗。我读后很有感触，也很惊诧，但一时也说不清楚所感觉到的是什么。同期杂志中也刊有一首徐讦的诗，当时立刻觉得两人的诗风格截然相反。徐诗像开花的藤萝一样挂满美丽的词藻，对比之下，我愈发觉得林诗给我一种奇异的吸力。那不是一般人所谓的"诗""诗意"，而是全然不同的"诗"和"诗意"。我朦胧地感觉到这里含藏着一个神秘陌生的东西，值得去追寻一番。

这时期，一群台湾来的留学生正在编《欧洲杂志》。金戴熹借给我一本余光中的《莲的联想》，问我有什么意见，可愿意写一篇书评。我看了，确也有些发现，写了《论三联句》。余自己说他希望读到林诗，我觉得这次的发现更能做到神、人、物三位一体。人在莲中而出入三境，"美之至，情之至，悟之至"，只是一片空茫，或应说空茫中只呼吸到一片诗的氛味。我从语言文字的层次捕住了三联句，而看到三联句结构是余光中出入三境的魔咒、交通工具。与余诗中有物、有人、有神完全不同，林诗没有神、人、物的问题，而是存在起点的结构。

那一林大树，
像教堂里的石柱，
更像教堂里合唱队
我听见他们的歌声，向往恒永
他们在那里等我
一百年了
也许两百年了，

一群二三百年的大树
和一个老人
他们在缓缓地散步
一个老年人
垂着头沉思
仰着头凝望
步履不再轻盈，
伴着路上的秋叶。

有时候，在问候中，朋友、兄弟们会向我提这样的意见，说是我做的工作太杂了，还是宜集中精力于一种或两种。

最早直截了当而带风趣地说出来的是丁雄泉，他说：“你手里只有一把米，要喂四五只鸡，那怎么养得肥呢？”那是30年前的事了，我暗自想他自己不是也在画画，捏泥，写中文诗之外，还写洋泾浜的英文诗吗？

不过我自己也常想，我该缩短战线。

我曾反问朋友、兄弟：“你们认为我该专注于什么呢？”

我的一个弟弟说：“写文章。”

有的人则把球打回来：“那看你自己，你觉得最喜欢做什么？”

为生活教了30年书，60岁那一年退休，一时觉得自由舒畅，快活极了。每天清早起来，走到花园里看早阳、

看天、看云、看鸟，看一粒粒的小太阳在叶的露珠里跳蹦。我究竟坐到书桌前去呢？站到铁砧边呢？我打磨石膏的形体呢？切铁片的几何形体呢？把毛笔放到水里去呢？

我们一同散步
是我走向他们呢？
是他们走向我呢？
晓得那边的浓荫婆娑的高树啊

我们一同散步
是他们安慰我的老年呢？
是我安慰他们的老年呢？
浅草尽处拂着白云的高树啊

我们一同散步
他们究竟在那里多少年月？
他们究竟等了我多少时候？
夕阳里史诗一样的古木啊？

“有”“是”“在”都是汉语中表示存在的动词。

“有”是老子的用语，生命的起始，生机的消息。我们有把握这微妙的开始，有生于无的“生”。我们当回到婴儿，在那里，没有死的枯槁。

“是”是儒家的行动，“我是……”是本质主义者的命题。“是君子”“君君臣臣父父子子”，是理想，也是行动的规范，是渐渐；是一个过程，一个生命的历程，成熟完成；最后是一个个完成的人格（一个一个的自己）。

“在”是佛家的，只是在，大自在。一切都是冷静，看穿，在雪景里一切冷。

“所以”是科学家的，是实用家的。有一个目的去追求，有一套规律要遵守，有因果要探索。然而有新的规律会发现，于是要用另一套体系来顶替。

诗，尤其现代诗，是不容易一读即懂的。不进入情况，在怎样的环境、心情，不知道诗人说的是什么，

对着一片零乱与荒谬，只有瞠目哑然。我曾想写一首诗必须有个序。这是古人早已有了的，晋人、唐人的诗便如此。陶渊明的《桃花源记》，其实是《桃花源诗》的序，竟比原诗更为人所传诵。

在教中文教了10年之后，写了一组诗，题作《教中文》。因为天天说着最简单的“基础汉语”，一个字一个字地唱，咬音吐字，阴阳上去，发现这是音乐性的文字。重新获取母亲的语言、儿时的语言、心的语言、爱的与苦痛的语言。我又重新发现文字的音乐的形象，它的立体性、结晶的透明的美。我觉得这已经是诗。

妈妈　我饿
妈妈　我渴
妈妈　我冷

但是有更大的小的悲剧接下去。

妈妈　我睡不着

孩子睡不着，比饿、比渴、比冷更有复杂的原因。50年前，乡下的败墙上，往往可以看到贴着的一方小纸，歪歪斜斜写着“天皇皇、地皇皇，我家有个哭夜郎，过路君子念三遍，一觉睡到大大亮”。现在大概没有了，不幸的旧中国的夜哭的孩子啊，但是有更难名的悲剧接下去。

妈妈　我怕

安全的需求，这呼唤是存在的呼唤，没有理由的呼唤。不是饿，不是渴，不是冷，也不是睡不着。只是茫惑的生的不宁，最初始的存在的惶惑、焦灼。母亲在哪里呢？也许已经死掉，也许是……肉体的痛楚，也许是我自己最喜欢的一首诗，则是：

昨天母亲……
我好，
你好吗，
我给母亲回信
……

我教学生的只是这几句话，我给母亲写信，也只是这句话。教学生的话与母亲信上的话，忽然联系起来，使我惊醒，深夜披衣起来，录下这句话，暗自想这也许是一首最平淡无色的抗议的诗。时代是“文化大革命”，父亲已经在磨折中过世，老母隔两个月有信来，我也战战兢兢地回禀，所说的便是这样：我好，你好吗？我好，您好吗？可矣，可悲可痛！我们的语言已退化到这样的贫乏、原始和幼稚了，母亲的语言，儿子的语言，母亲和儿子的对话录。

哲学是用文字来解说宇宙、人生，用文字来给生命一个意义，但是哲学家常常忘记他在使用语言。语言要捕捉的真理，但真理仍然用语言表示。真理，是理，是我们思维中的东西，和真实不同，真实是外在的。他要用语言去分析存在，用语言去研究存在的本质，研究“存在”这个概念的起源。他想用语言学家的技巧和显微镜去寻找存在的本质。

我的诗论

一

《诗三篇》出版之后，觉得应该写一篇文章谈谈自己的诗论，也可以说是新批评的理论或批评。

这三篇文章讨论了三个诗人的作品。

在论余光中《莲的联想》中，我提出了这数十首组诗有一个特点，是三联句的运用。这三联句本是传统词中的一种缀句法，余光中大量地采用，并以各种变化不同的方式呈现。举一个典型的例子是：三联句（这形式，我称作诗的辩证法）的运用不是偶然的。我在文中指出音乐性内容的跳级性，于是诗人所追求的内容十分合身地出落在这一袭明丽的装扮中。究竟是内容的层层推进、连锁的联想、层次的跳越，造成形式的三联句巧妙变幻；还是形式的三联句各种巧妙拼合、扣接勾引起内容的“联想”，很难回答，因为大约两者都有的。全诗集名为《莲的联想》也是十分切当的，几乎是太切当，把秘密说出来了。

第二篇讨论林亨泰的《风景（其二）》，我指出这首小诗的两个特点：（一）朴质到了极点，没有任何形容词、副词、惊叹词，看来全无感情成分，也无所谓“形象化”的追求，动词只有“有”；（二）全诗只有两句话，而两句，从日常语言角度看，都有语病，两句之间的连缀，也不正常。根据这形式上的特点做了分析，发现这诗由两个存在句构成，用两个存在句说两个事物的对立存在，我发现诗背后的存在主义倾向。我在分析中指出形式上的存在句与思想上的存在观念两方面的叠合，在这里形式和内容也有不可分的吻合。

第三篇谈顾城的《远和近》，在形式上这小诗平易明晰，造句缀连没有什么特殊，但有一个小谜语。就这谜语说，这诗是朦胧的。到底为什么你看它时很近，你看我时很远。小诗中只有两个动词“觉得”和“看”。“看”出现了四次，“看”的意义是什么？我于是借用萨特（Sartre）在《存在与虚无》一书里分析“看”的论点，解释这小诗的中心思想，解释谜的所在、谜的产生、其哲学含义。

三篇讨论若有共同之处，就是我在《一首现代诗的分析》中所说的“紧紧切贴在诗的物质躯壳上……”

我认为不能用同一种方法去分析不同的诗，而且我可以说我不主张建立一套诗的理论，然后去寻不同的诗。自古以来，产生了许许多多的诗的定义、诗的理论，没有一个最后的一劳永逸的定义和理论。

我以为把这一首诗称它为“诗”，必定有其所以为诗的特点。这些特点是它之与别的诗相同之处，即此诗的“普遍性”。如果我们是带了这想法去分析诗，那么我认为就先走错了路；因为即使列出一万条理由来说明它的诗性，并不能对它给予价值。举个简便的例子，假定我们说“有韵”“有节奏”是诗的特性，根据这两点，我们看到所有的诗都有韵有节奏，但这能说明什么呢？有的写字口诀也有韵有节奏，也可算之诗么？我们很快就会发现有韵有节奏的不一定是诗，而有的诗不一定有韵有节奏，同样，“有意象”“有比喻”……都不能帮助我们深入地了解诗。

此诗之所以为诗和此诗之所以好，应该区分开来。找诗的“普遍性”，可以把一首诗归入诗之总类，但是我们欣赏诗，乃是找出此诗的“特殊性”。我们欣赏《将进酒》，并不是因为它是诗，具有诗之一般特性，而是因为这是《将进酒》，它是一首“绝唱”。它之所以不同于其他的诗，任何诗不能代替它。

因此，我们面对一首诗，必须把握此诗的“特殊性”入手，任何预定的理论都无用处。正像一个美人，你如果将她和其他美人的共同点都找出来，对于我们倾倒的理由，只能算找出了一半，因为还有一半是她之不同于其他美人的独特性，而这一半更为重要。另外的女人可能比她还要合于普遍美的标准，头发比她的更黑，肤色比她的更白……但是她有个性，有一种独有的风度，只属于她自己。如果我们要分析她的美，必须捕住这一点，把它说出来。唯有独特性可以把握一个存在的价值。普遍性，即本质。有人以为我们应当追索诗的本质，诗之所以为诗，这作业当然也有其意义。但找出一切诗的本质，不能帮助我们了解这一首诗的独特价值。面对一首诗，更不可用普遍的性质去检验。

每一首特殊的诗都有其特殊的内容，必用了特殊的形式去表达。我们要分析必须通过此特殊形式的解剖，以达到其特殊内容的认识，好像捉获了一种新的动物品种。我们不能用预制的工具去解剖。此新品种有其特殊的结构，特殊的生理组织，特殊的硬壳与薄膜、关节和管道。我们必须针对这样的结构临时制造特殊的工具，进行解剖。

我自以为是根据这观点写《诗三篇》的，三诗人的诗各不相同，我的分析方法也不相同。夸张了说，每一首好诗都必须有一套新方法去分析，每一首诗是创作，每一首诗的批评也只得是创作。

近年写诗的人太多了，发表的诗太多了，对于有一些读不懂的诗，我们怎样看待？我怎样看待？

我在看不懂一首诗的时候，我并不肯定那不是诗。如果作者自己以为是诗，我就暂把它放入诗的范畴，或者在诗与非诗之间的模糊地带，因为诗与非诗之间并没有一个明确的界限。我只怪自己还未能长得慧眼，识破这中间的奥秘。因为根据弗洛伊德自由联想的理论，从一个词联想到另一个词，决非偶然。在别人看来荒唐无稽的联缀，在作者潜意识层藏着深远的来历。精神分析家的工作便是丝分缕析，寻理出来龙去脉。

熊秉明《三只狼》

现代人写诗竭力求怪、求奇，把不相干的东西拉来拼合在一起，造成许多谜、许多结、许多瘤、许多畸形怪物……这些朦胧诗、荒诞诗的作者都想玩弄意识和潜意识的许多游戏。所以这些诗以闲雅的心情去欣赏固然是不可能的，连以追新好奇的心情去欣赏也不可能，必须以冷静的精神分析学者的态度去观察。在这观察中可以看见人的精神现象的复杂离奇，可怜、可悯、可惊、可怖，以清醒的意识去判断，见出其凶残、其愚昧、其淫秽、其卑下、其懦弱、其狡狯。

如果我们是精神分析学家，每一首诗都可以是研究的对象（在这世界上写出来的成千上万的诗，一旦存在，都有其出现的理由，只不过未必能引起共鸣而已）。这研究是一件费力的工作，愈是有病的诗，愈是精神分析家有趣的题目。在今天，儿童的画、素人的画、狂人的画都有人搜集，有人收藏，有展览，有研究。儿童诗、素人诗、狂人诗，也一样。

诗的定义

好像是阿姆斯壮（Louis Armstrong, 1901—1971），或者艾灵顿（Duke Ellington, 1899—1974），不记得是谁了，记者访问他，请他给爵士乐下一个定义，回答是："说不出。如果有一个定义，我大概就不会再演奏爵士乐了。"

每一个魔术性的敲击，都敲出爵士乐的定义。每一个魔术性的敲击，也都敲碎爵士乐的定义。

凡创造，在有定义与无定义的两极之间，发出高能量的战栗的火花。

诗也如此。

好像有一个定义，诗人严酷地被律限。又好像并

熊秉明《三间屋》

无，诗人完全自由。

以为诗无定义的人，固然找不到诗。

以为诗有定义的人，也一样，捏到了定义，而没有了诗。

* * * * *

为什么这诗有哲学气？我要和你说说。

你知道苏轼赞美王维的诗说：“诗中有画，画中有诗。”有人往往以为“诗好，必得如画”，用现代的词汇说，便是要“形象地”。这是一个十分普遍而错误的说法，尤其近来把“形象化”一词用得滥了。我曾读到一个记者对黄山的报道，说“大块文章”四个石刻大字，更是对黄山中心地区自然胜境的精华部分做了逼真的刻画和描绘。这样的话真令人叹惊，“逼真”的用法更是不可解。

大江东去[1]

一

“大江东去。”

四个字，做开场白，以阔幕展示大自然的镜头，以最少的字写中国绘画最壮阔的主题(《长江万里图》)。这描写只能是高度概括，也就是十分抽象的。很抽象，因为把一切局部、一切细节都删去。三峡、云梦、白帝、金陵都不见，只剩下一个十分抽象的观念，而此观念可以填入一切可能的想象。

按古汉语，“河”是黄河，“江”是长江。“江”

1 本篇部分文字重复，为熊先生手稿原貌，未做修改。——编者注

武元直《赤壁图》

与“河”原系专有名词，后来转化为普称名词。江是“大江”，则仍然是那唯一的江。“大”是大地的大、大道的大、至大无外的大。

“大江东去”只是一桩事实的陈述，但是同时已经是一种激烈的赞叹。由于诗句加工有两个可能，或用减损，或用装饰。减损以求得冲淡朴质的美，装饰雕琢以达到绮丽曲折的效果。“大江东去”一句似乎不带什么情感成分，但是把这桩事实说出来，正是对于此事实最基本的赞叹；“悠然见南山”一句对南山毫无描写，这正是对南山存在本身的倾倒。

用“去”不用“流”，固然有平仄的配合的问题。

"流"是水的描写，嫌太具体；"去"只着重于一个方向，更抽象些，更合乎第一句的意味。"去"又和时间的逝去可以联系起来。"子在川上曰：'逝者如斯夫！不舍昼夜'。"大江的东去与时间的流逝相吻合，在我们的心理上引起一样的战栗，也就必然钩起下一句的出现。

"浪淘尽，千古风流人物。"在第二句我们开始看见了浪，我们看见江中的浪，前后相推，滚滚不息，我们仿佛看见历史的浪同样不可抗拒，奔腾进行。江即时，时即史。浪淘尽，其实也就是时间淘尽，世世代代人物的交替和江中浪涛的起伏在我们心理上相叠影。

"风流人物"，是歌颂，也是叹惜。风流人物有豪迈的性格，叱咤一时，建立丰功伟业，却同时如此暂短，如此脆弱，转瞬消失。

"故垒西边，人道是，三国周郎赤壁。"眼前的"故垒"仍引起历史癖的怀古。"乱石穿空，惊涛拍岸，卷起千堆雪。江山如画，一时多少豪杰。"所见的江岸的实景，也还是历史往事的幻象，"千堆雪"正是"多少豪杰”的化身，如画的江山正是悲壮历史的舞台。

“遥想公瑾当年，小乔初嫁了。”从“千古”到“三国”到“周郎”到“小乔”，是从千古的历史长流，截出“一时”的三国，再缩小到个人的特写。而接下去“雄姿英发，羽扇纶巾，谈笑间，樯橹灰飞烟灭”，把人间的历史概括在这里，有英雄与美人、战争与爱情、雄心与幻灭、谈笑与鏖战……而这一切都只是想象中的缅怀。“故国神游，多情应笑我，早生华发。”由过去又回到现在，而现在又且将成为过去。“我”

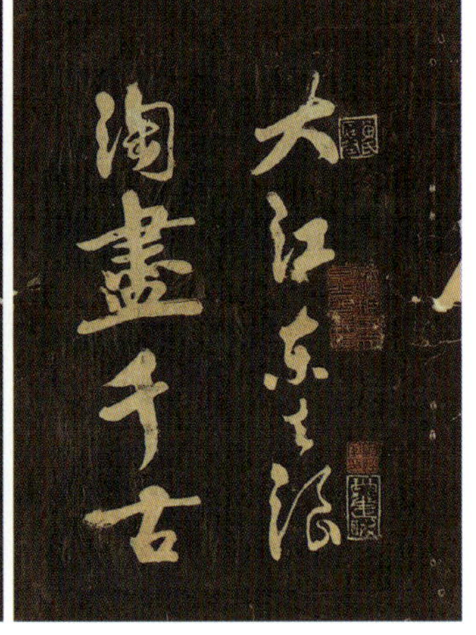

黄庭坚《大江东词》（局部）

已有了华发，悲叹自己也将在时间的长流中消逝么？倒也没有颓唐与萎靡，早生华发本也只是大自然的规律、江流的规律、时间的规律、历史的规律。人生也只是轻轻的短梦。没有什么好说的，“人生如梦，一尊还酹江月”。既然不必再多饶舌，那么对着滔滔的江，高悬的月，“干杯吧，江上的明月”！

“大江东去”四个简单的字以最少的四言写壮阔的画题《长江万里图》，十分抽象，因为把一切局部细部都删减成一个观念性的，是序幕，是润隔大自然背景的镜头，是古人在中国这片土地上对于大自然的认识、生活、奋斗、凝炼出来的模型。“江”和“河”原是专有名词，河是“黄河”，江即“长江”，化为普称名词。“江”是一切江，也是唯一的江，那唯一可以称为江的江，一切江之母的江。“大江”的“大”是大地的大、大道的大、至大的大。在中国大地上江河都向东流。“大江东去”，只是一桩事实的陈述，似乎并无什么情感成分，却又是一种慷慨激昂的赞叹，因为是确凿不可动摇的事实，所以那赞叹陈述是无可动摇的。

用“去”而不用“流”一方面固然是配合平仄；一方面因为它的去掉、消逝和时间并行。“大江东去”是说江，同时说时间，眼前荡荡流去的水仿佛具象化了的大历史在前进。接下去“浪淘尽，千古风浪人物”

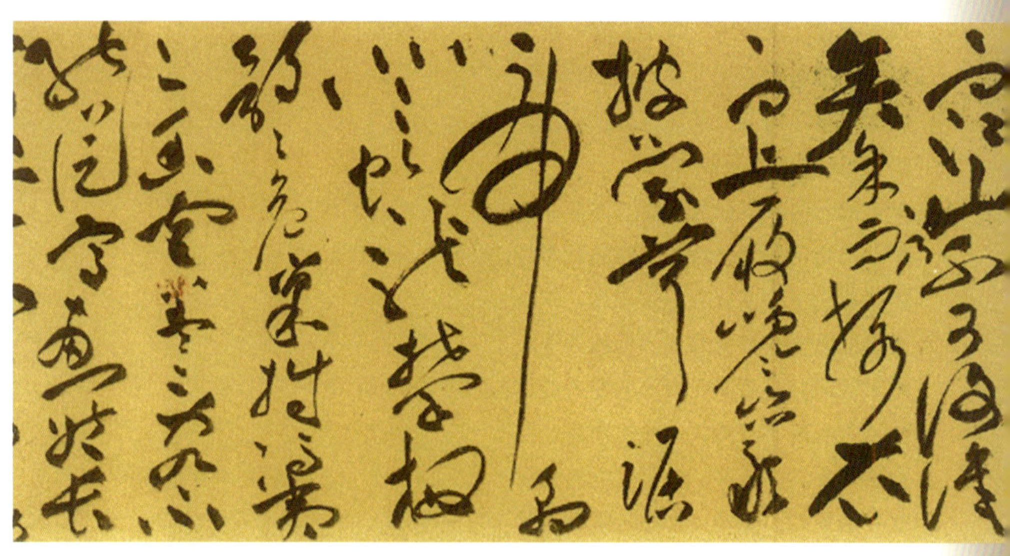

祝允明《前后赤壁赋》（局部）

遂把大自然的景观扣接到人事的反思、历史的鸟瞰、人间戏剧的凝视。

江即时，时即史。江中浪涛的起伏相叠影，使人想到柏格森所说，如那一种实质的雪球一样愈滚愈大的时段。

“浪淘尽”，是时间淘尽。“浪涛”与时间可以互换，互相比喻，互相叠影，在读者视觉中，浪涛的生灭即是英雄人物的起落。又一次以水象征时，时化身水，

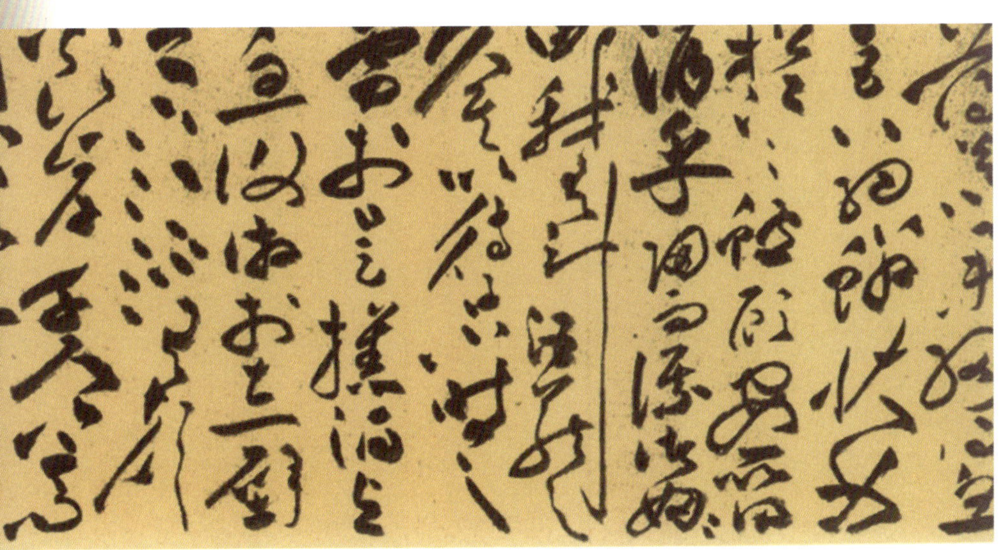

水与时相互换，可重叠，视觉与内感交映，眼前看见的是“浪”，而它却已幻化为英雄。

“风流”是风格豪迈，是功业的轰轰烈烈，却又暗示人的脆弱与刹那，是歌颂，同时是怜惜。

波涛起伏，如人物的兴灭，前浪后浪，一代复一代，

仇英《赤壁图》（手卷）

声势浩荡。

“故垒西边，人道是，三国周郎赤壁，乱石穿空，惊涛拍岸，卷起千堆雪。”仍然是目前的柔情与过去的历史的交错叠影，所见的波涛风云是江山造形，实景还是历史往事的幻象，已不能辨。今天的电影，以

重叠幻化影像的拍摄战争场面与天象海景，正是同一种手法。说自然，从“大江”到“浪”到“千堆雪”，由远而近，由微观到特写；说历史，从“千古”到“三国”到“周郎”，亦由大而细。从历史长流到个人特写，才看见个人面貌，又已迸溅四散，刹那间化为一片水雾浪花，又忽然推远镜头，总结为“江山如画”，而扣接到“一时多少豪杰”！

后阕偏重历史的描述，以“遥想”引起，立即说到具体的人物与故事。“遥想公瑾当年，小乔初嫁了，雄姿英发，羽扇纶巾，谈笑间樯橹灰飞烟灭。故国神游，多情应笑我，早生华发。人生如梦，一尊还酹江月。”下面紧凑的五六句，把人间的历史提纲地写在这里，英雄与美人、战争与爱情、雄心与幻灭……通过这几个代表性的镜头，结以“樯橹灰飞烟灭”，舒缓热闹、充满戏剧与浪漫精神的人事，又复归入自然无目的、无情无言的水云烟霭，与前面的“卷起千堆雪”相呼应。“江山如画”与“故国神游”相呼应。“江山如画，一时多少豪杰”由自然扣到历史。“故国神游，多情应笑我，早生华发”由过去扣入现在，扣入此刻，扣入当前的“我”与大自然。“一尊还酹江月”，由景即人，由人而景，诗情的澎湃就在人物与天地之间激荡。

面对大自然，我们移情观赏，所移之情不是其他，而是历史的浩叹。胸臆中的历史和眼中的江流打通为一；内向的省思、悲感和外向的纵览、倾听，打通为一。

此词中至少有两处是人们常用的话：“江山如画”“人生如梦”，但是嵌插得十分自然，不觉落俗套，觉得是从文辞中涌现出来的。本是老生常谈，在这里却成了高潮凝聚了的唱叹。

关于这首词的“豪放”，我想可以提出三点来说明：一、人事与大自然的交错描写；二、用词的放任；三、“笑”的分析。

一、我们几乎可以说此词以一句自然、一句人事两条主题交错织成，然而这里的大自然，波澜壮阔，充满英雄豪气的，已与一般道家精神不同。同时，我们也可以说这里的人事虽有浪漫的气质，但是同时也追求超越解脱，和“死而后已”的真正儒家精神是不同的，是历史与山川的叠映。

二、不但在遣词上多通俗的用语，而且整个经营上不做细致推敲的。在音乐性上，前人已经指出过，多讥苏轼填词常不合律，这里不再赘述。

三、关于“笑”，法国哲学家柏格森有过专著，他的分析主要是讨论为什么滑稽可笑，喜剧，等等，之所以能引起笑来，和我们这里的笑有所不同。李白诗中也多有笑字，如“仰天大笑出门去”，苏轼“胜固欣然，败亦可喜”，总是一种乐观主义的莞尔。

这一首词作于宋神宗元丰六年（1083）。到现在快一千年了，为世代的中国知识分子所赞赏传颂。今天一个寄居海外的中国人，夜静吟诵时，仍不免为它的抑扬顿挫和惆怅慷慨所激动，诗情与潜意识、个人情感与集体历史情绪都搅动起来。究竟这首词触动了中国人哪一条心弦，触动了潜意识的什么情结？

对这一首大家熟悉的词做一分析，是值得做且有趣的工作。分析这首词的构成，也是解析中国文化的构成。

一向文学批评者称苏轼的词为豪放，这首词尤为“豪放”的代表作。钱锺书先生在《宋诗选注》里介绍苏轼时也说：“李白以后，古代大约没有人赶得上苏轼这种‘豪放’。”在这一点上，大概没有人可以提出异议，但是什么是豪放，他的解释是不够的。钱氏引苏轼评吴道子画的两句话：“出新意于法度之中，寄妙理于豪放之外”，他说前面一句算得“豪放”的定义。又说：“用近代术语来说，就是：自由是以规律性的认识为基础，在艺术规律的容许之下，创造力有充分的自由活动。”所谓“法度”，指艺术技巧而言，而“豪放”则指作品内容的风格。“出新意于法度之中”的作品不一定豪放，而有豪放精神的作品不只是于法度之中跃出新意，直至不拘之于法度，要在怎样的一种新意。钱先生的说法着眼于创作的技巧，在规律中表现了大量的自由不羁，是一种大匠运斤的豪放。

关于苏轼的基本精神，李泽厚先生在《美的历程》里谈得比较具体。“我认为，他的典型意义正在于，他是上述地主士大夫矛盾心情最早的鲜明人格化身。”[1]

在一篇《苏轼的风格论》中，作者拈出“清雄”一词来描写苏轼诗文风格，并做了比较具体的说明：“清与雄确实是一对互相对立的风格概念。”[2]

这说明有一定的道理，是从文章的艺术效果上说的，给读者的感觉或是阴柔之美，或是阳刚之美。

李泽厚先生在《美的历程》中讲到苏轼时也提到了风格中所存在的两种相对立的元素。“我认为，他的典型意义正在于，他是上述地主士大夫矛盾心情最早的鲜明人格化身。他把上述中晚唐开其端的进取与退隐的矛盾双重心理发展到一个新的质变点。”[3]展示了词人的矛盾心理——进取与退隐之间的矛盾。

这说法，是从作者的创作心理说的，若结合前后

---

1 李泽厚．美的历程．合肥：安徽文艺出版社，1994：155.——编者注

2 程千帆，莫砺锋．苏轼的风格论 // 中国古典文学论丛．第5辑．北京：人民文学出版社，1987：125.——编者注

3 李泽厚．美的历程．合肥：安徽文艺出版社，1994：155.——编者注

二说，则进取心理所表现的语气则是阳刚的、雄健的；遁世心理所表现的语调，则是阴柔的、清丽的。

我以为还可以进一步说得更落实些，进取的心理是属于儒家的思想系统，而隐退心理则属道家的思想系统。所谓“豪放”，指这两种不同人生观的融合。“豪”是豪雄、豪迈、豪壮，是积极入世的；“放”是放逸、放达、放诞、疏放，是消极避世的。有进有退，能进能退，乃得豪放，能有参与的热情，也能有拂袖掉头而去的无羁无束，然后是豪放。任重道远，死而后已，是豪侠的精神。有豪而不放，有进而无退，导致死而后已的悲剧结果。

躬耕田园是隐逸的精神，放情山水，玩世不恭，笑傲王侯，有“放”而不得称为“豪”。

指出苏轼“进取”与“退隐”两方面是很扼要的，也就是以这两点构成他的“豪放”。试观察此词的组成，便可以了解“豪”与“放”是两个不同的观念。“豪”是“进取”的，或说“入世”的，所谓“豪雄”“豪杰”“豪侠”“豪壮”；而“放”是“退隐”的，或说“避世”

的，所谓“放逸”“放任”“疏放”。进一步说，“进取”来自儒家思想，“退隐”来自道家思想，所以“豪”与“放”并合起来的“豪放”，兼有儒道两家精神。李泽厚没有明确指出儒道，只用“进取”“退隐”两词，大概是因为近五十年来“儒家”“道家”已被彻底歪曲，

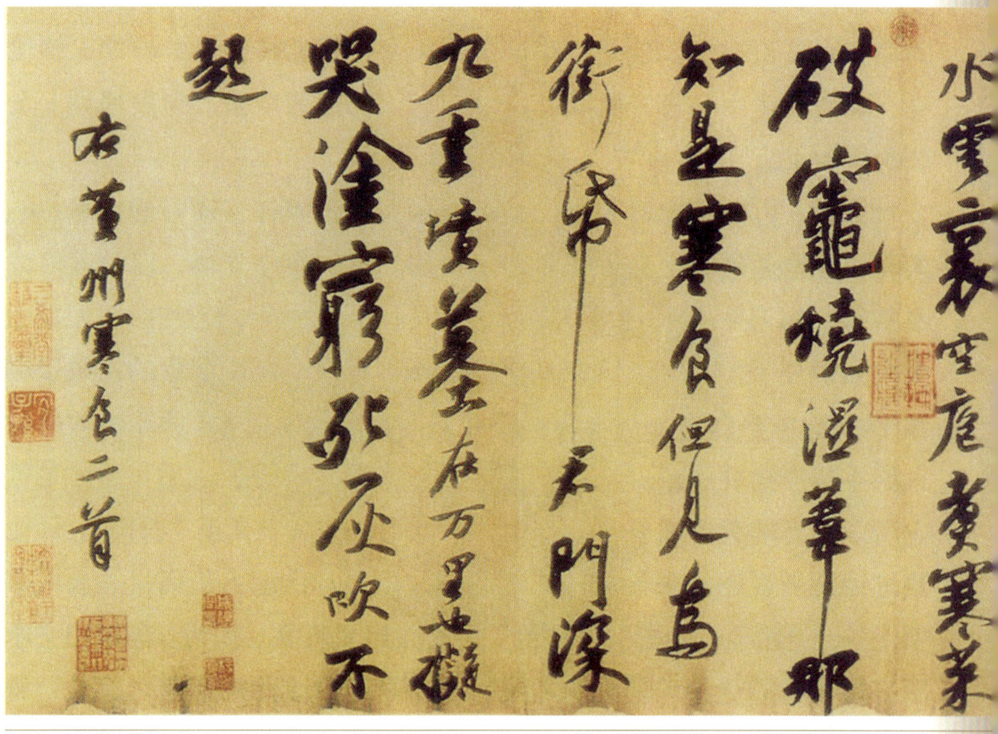

苏轼《黄州寒食诗》

只有负面的意义。所以接下去李文说到儒家时是说“谨守儒家思想的人物……甚至有时还带着似乎难以想象的正统迂腐气”，而对道家则说“苏轼在美学上追求的是一种朴质无华、平淡自然的情趣韵味，一种退避社会、厌弃世间的人生理想和生活态度，反对矫揉造

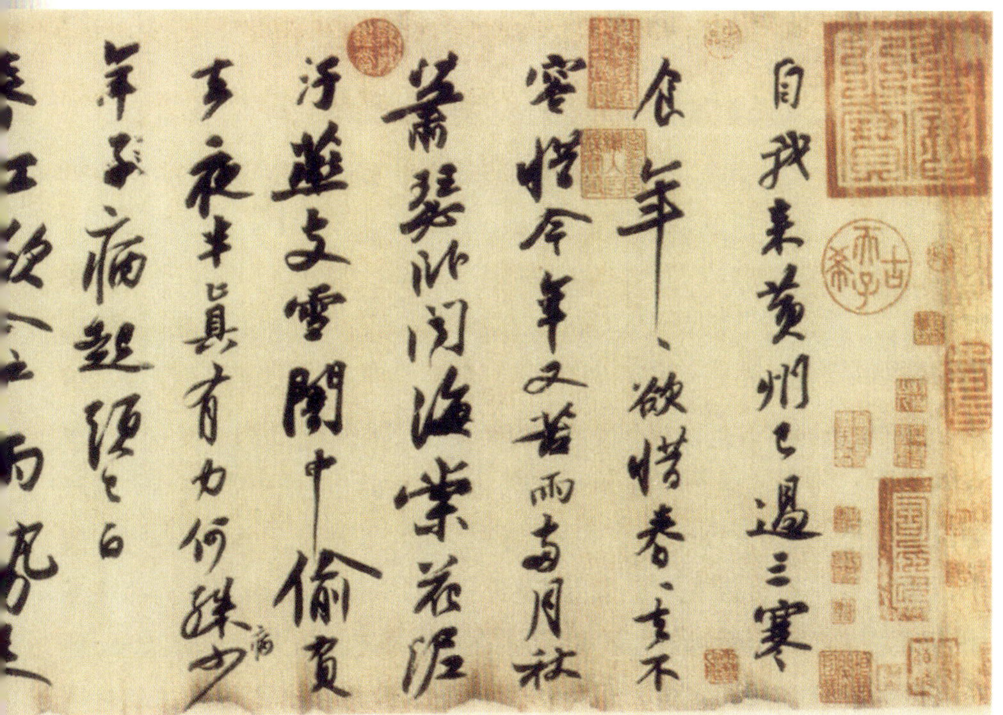

作和装饰雕琢，并把这一切提到某种透彻了悟的哲理高度”。

儒家入世匡济的雄心和道家出世恬静的理想，构成典型传统中国文士的双重性。这两种人生观粗看是相矛盾的，但可以并存在一个人身上，因为它们所对待的问题不同。面对社会，人是群体中的一员，他是被确定于人伦中，有责任，有义务，有历史使命；面对天地大自然，他要在大化中完成他的一生。他如蜉蝣，也如大鹏，如朝菌，也如古椿，少壮年纪，必带着满腔热忱欲求，在世间有积极的作为。到了一个年纪，看到了世间的复杂面，认识了自己能力的限度，对于成败得失有另一番估价。进入老境，精力减退，面临自己生命的终点，必对个体生命的终极意义求得一个答案，或者不说是“答案”，至少有一个“交代”，觅一个“归宿”。读过《三国演义》的人都记得，诸葛亮在刘备三顾茅庐后，离开家园时嘱咐弟弟诸葛均：“汝可躬耕于此，待我功成之日，即当归隐。”这是中国知识分子的理想，在不同的生命阶段，采取不同的态度，但是就在同一时期，两种人生态度也可以并存的，在世间的作为未必都成功，而在世间飞黄腾达者未必是抱有济世理想的。因此对于成败得失，还应退一步冷眼看待。此超越的态度是一种更广阔的视野、更基本的生存本能，不必“不成功，便成仁”。在入世的热忱的一面，需有“豪情”，完全的投入，“性豪业嗜酒，嫉恶怀刚肠”；在出世解脱的一面，需要“放”，放怀与达观，一旦归去，载欣载奔，“巢父掉头不肯住，东将入海随烟雾”。

如果只有投入，以天下为己任，知其不可而为之，那么，只有“死而后已”，孟子所说“生，亦我所欲也；义，亦我所欲也，二者不可得兼，舍生而取义者也”（《孟子·告子上》）。这可以名为“雄豪”“豪杰之士”，而不能称作“放”。如果一时放浪形骸，遗世独立“芒然彷徨乎尘垢之外，逍遥乎无事之业”（《庄子·达生》），这可以名为“放”，然而不能称作“豪”。能收能放，能进能退，始可以说“豪放”。苏轼的“豪放”正是把这两种表面看来不相容的态度溶在一起，同时有投入的热狂，而又有着看透退出的情怀。而《赤壁怀古》一词恐怕是最能代表这一风格的了。

儒家“豪”的精神，见诸理论、寓诸文字的风格可以追溯到《孟子》。《孟子》所歌赞的“大丈夫”“浩然之气”，那是一种带着坚强的信念参与到世间的人物。道家“放”的精神，见诸理论、寓诸文字风格的当然应追溯到《庄子》。

“笑”。我们想象少壮的将军，“雄姿英发”，在赤壁大会战中，得意开颜的神情，而帷幄之外是“樯橹灰飞烟灭”。

词中有两个“笑”字，第一个“笑”字组合在“谈笑间……”一句里，那是参与者自信的傲笑，是赤壁鏖战中的英雄的得意开颜。不止此，这里还衬托了“小乔初嫁了”的描写，于是连无心的战火也映照出花烛下的丽影。战争与爱情的双重内容，使这“笑”渲染了浓烈的浪漫主义气氛，将英雄史诗的剧情推到最高潮。

第二个“笑”字是作者对自己的调笑、解嘲的笑。轰轰烈烈的事迹已远，眼前只是一舟一尊；白发在鬓角，豪情壮志都倏然已成往事。“人生如梦”，神游故国，冷观自己，只有太清醒的超脱的微笑。究竟谁笑，笑谁？是别人，是自己？是江月，是天地？

两种笑是代表两种对比心理的：一是热情的、浪漫的、积极参与的笑；一是静观的、老成的、超然洒脱的笑。一是乐观的，一是乐天的，都有一种爽朗，健康无羁。两种笑相并出现，组合此词的豪放。

它在一个中国人心中勾连起一连串具体的人物，一系列文艺作品。“豪放”极难翻译，或者应该说，是不能翻译的，因为这是中国文化特有的观念，中国文艺理论特有的一个范畴，中国词汇网中特有的纽结。它包括两种情操：积极入世的热怀和超越出世的气度。这里有儒家发强刚毅的精神，为孟子所说“若夫豪杰之士，虽无文王犹兴”（《孟子·尽心上》）。而在事业成功以后，或竟是不成功，也可以拂袖而去，并无齐清留恋，“忘怀得失”，“巢父掉头不肯住，东将入海随烟雾”（杜甫《送孔巢父》）。典型的中国文人都有这两种心理的组合，“田园诗人”陶渊明也有。但是苏轼的超脱，并不就和社会脱节，有了机会还是回来。这里结合了儒家的“豪”和道家的“放”。如果只有投入，一去不返，“死而后已”，则是纯粹儒家的，可谓“雄豪”“豪杰”，而不能称“豪放”。如果一味放浪形骸，遗世独立，则是纯粹道家的，可谓“放诞”“放浪”“放任”，而不能称“豪放”。一种能收能放、能进能退的热烈与壮快，始可以为“豪放”。《赤壁怀古》一词恐怕是最能代表这一风格的了，并且有一种同时性，有参与的洒脱、痛快，在退避中也有洒脱、痛快。

词开头的“风流”一词也是不能翻译的。在冯友兰先生《中国哲学简史》中讲到风流，说是与浪漫主义有某些关系。“风流”能译作“浪漫”么？不能，只能做一些比较。

四

儒家把人放在社会历史环境中，道家把人放在天地自然环境中。

这首词写自然，也写历史，两个主题交错隐现，呼应错缠。好几处都是紧紧扣接的，“大江东去”（自然），紧接的是“浪淘尽，千古风流人物”（人），“故垒西边”（自然），“人道是，三国周郎赤壁”（人）。“乱石穿空，惊涛拍岸，卷起千堆雪”一大段写自然。至于“江山如画，一时多少豪杰”，“江山如画”（自然），紧接以“一时多少豪杰”（人）。眼前所见的是江海波涛，而涌现于脑际的是历史人物。“人生如梦”（人）紧接以“一尊还酹江月”（自然），用了电影叠影的手法。

三个“江”字：大江东去，江山如画，一尊还酹江月。

三个“人”字：风流人物，人道是，人生如梦。

三个“江”字说自然，三个“人”字说历史，两相均衡，似偶然，也似必然。

第一个“江”是“大江”，大江的全景豁然展现：“大江东去”；接下来相应的是“千古”，历史的从头纵观：“千古风流人物”。“江山如画”描写大江的局部，是在描写了“卷起千堆雪”之后的唱叹。在大江的这一段出现了历史上一个惊心动魄的事迹："一时多少豪杰"。由"大江"聚焦于"江山"，由"千古"聚焦于"一时"，由"风流人物"聚焦于"多少豪杰"。

从第三段起，先说人："故国神游"（历史），然后说自然"一尊还酹江月"。前面所描述的轰轰烈烈的事迹都成空虚，情调由激越昂扬而转为悠长舒缓。人生如梦，留下长存的还是江与月，而江与月，其实也在涨落圆缺，迁化不已，人与自然连成相恰相慰的对话。

三个"人"，各有不同的用法、含义，代表三种不同的人生观。"风流人物"是入世的，叱咤风云的参与者，"人生如梦"是幻灭后醒悟。但是梦虽醒，仍不免多情，而华发在鬓，虽解脱而带悲然的无奈。

第二个"人"，道家的"人"，是旁观者，是看官。灰飞烟灭之后，江边一叶篷舟里，簇围着一壶浊酒的三两个渔樵。《三国演义》楔子诗里描写的"白发渔樵江渚上，惯看秋月春风。一壶浊酒喜相逢，古今多少事，都付笑谈中"，他们指点周郎赤壁，闲话孟德孔明。究

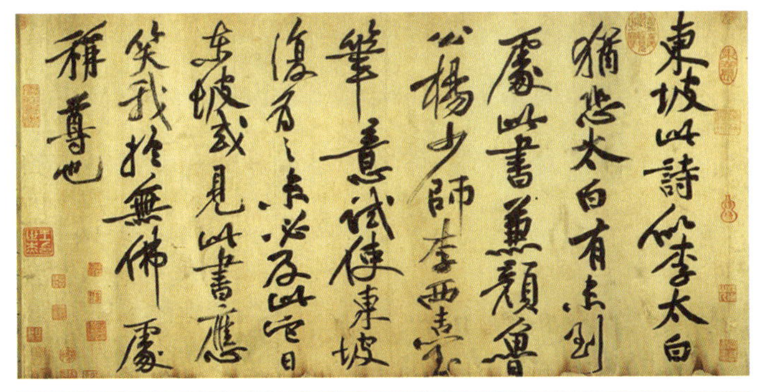

黄庭坚《题苏轼寒食帖》

竟谁是主体呢？戏剧的演出者呢，还是看戏的渔樵呢？

于是有第三个“人”的出现，说“人生如梦”的那个人，他是最后的清醒者，虽清醒，而不负多情。他的举杯邀月也随成幻灭，最后的真实也许竟是吟唱本身。诗人写成词，词悠悠长存了，它唱风流人物，唱雄姿英发，也唱人生若梦，灰飞烟灭，以及举杯酹月，音量饱满，痛快淋漓。

五

中国哲学的两条主流，一儒一道，互为消长，互相辅成，古代文人心里都有这两种成分，只是多少比例不同，而在一个人的一生中也有变化。少年时野心勃勃，要改造社会，要匡时济世，带着儒家弘毅的精神参与。在人间经历过许多成功与失败，老年力衰，关心于生命的最后归依、终极关怀，于是引退："老来愿为道。"在出仕的时候，便想着功成名就身退的日子，诸葛亮是最好的例子。他在应允刘备出山的时候，向弟诸葛均说："汝可躬耕于此，待我功成之日，即当归隐。"这是否合史实，我们不知道，但是这确是中国文人理想的生活模式。只是他未能有功成的日子，而在《后出师表》里，也就只能说"臣鞠躬尽瘁，死而后已"。

近百年来，儒道二家不断被否定，被歪曲丑化，以至只有负面的意义。所以李文说到进取时，不说这是儒家的精神，待说到儒家时，只说苏轼的忠君爱国、温和保守的一面，认定他为谨守儒家教义的人物；而说到退隐时，也不提到道家，只说苏轼诗文有"强作慰藉以求超脱"的对人生的空漠感，只有在佛学禅宗中勉强得到，结果虽然说“苏轼奉儒家而出入佛老”。因此，在儒家的一面中，看到苏轼的谨守而不放；在道家的一面中，看到苏轼的虚无而不豪。

我以为如果不从正面肯定儒家精神和道家精神，这首词就没有什么可读的，也没有什么足以激动我们的，只剩下可怜丑陋的中国人，我们对真正的中国人的面目是看不到的。[1]我们说了儒家是入世的，一旦参与，负起人间的责任，便得贯彻始终，以整个生命作注，“死而后已”。中国的悲剧的诞生，诞生于儒家。道家是出世的，把自己置身于天地之间，走出市廛，脱离人群，这里有一种孤傲，能承担此寂寞淡泊，也有大自由，庄子称为“逍遥游”。传统中国文人在儒家陶冶下，有修齐治平的抱负，而一旦绝望，感到自己能力不足，不愿以悲壮的死，退而独善自身，于是忘掉发强刚毅的一面；打倒老庄者诅咒其怀疑、虚

1 我以为任何一种宗教哲学在崛起时，都有其独创而有鞭策性、号召力的一面。而后来都可以发展到衰败而弱点暴露的一面，赞美的人看到有生命力的本质，攻击的人抓住实践中产生的流弊，打倒孔家店者，诅咒温柔敦厚的妥协主义。

无的逃避主义，忘掉风骨坚贞的一面。

苏轼的“豪放”包含了两种性质不同的精神：一是儒家的济世精神；一是道家的超逸精神，“豪”来自前者；“放”来自后者[1]。或有人以为两者是矛盾冲突的，其实中国传统里绝大多数文人都是两者的组合体。有“以天下为己任”的一面，有“世与我而相违”的一面。青年时代，生命力充沛的年纪，带着修齐治平的抱负走入社会。到了晚年，饱经沧桑，自知能力的限度，对成败得失有另一种估价，遂忆起“归去来”的召唤。诸葛亮在离开隆中家园时嘱咐弟弟诸葛均“汝可躬耕于此，待我功成之日，即当归隐”。而接近到个体生命的终点，更不得不反思生命的终极意义，从历史的使命感转向对天地荣枯的静观。这可以说是中国文人生命的模式，其实这也是个体生命的自然发展规律，不过就在世间搏斗的阶段，也可以怀有两种情操。

1 指出苏轼思想里有儒家与佛道的混合，已有人明确地分析过，但近人论儒、论佛道每从负面去说，把儒家定性为“保守的、懦弱的”，把佛道定性为“虚无的、逃避的”。如果把这些特点加起来，我们只能得出一种拘谨庸俗而颓唐的文学，怎能得到“豪放”的诗歌？

能有超越的态度才不至于在失败跌仆中倒下，能够退一步冷眼看自己的遭遇，能勇猛地投入是“豪”，所谓“性豪业嗜酒，嫉恶怀刚肠”，能潇洒解脱是“放”。

说苏轼“豪放”，正是因为他充满激情，有投入的狂热，也有跳出的情怀。

苏轼像

熊秉明文集 八
诗论
Collected Works Of Hsiung Ping-Ming

图片说明

本书部分图片从有关书籍和网站中选取，特向拍摄者致谢。由于客观条件限制和时间仓促，很难一一寻找图片的作者，请有关作者与出版社联系，并提供足够的证明材料，以便及时支付图片使用费。

各卷文字说明

一　《关于罗丹：日记摘抄》

熊秉明一生所受影响最大的西方艺术家是罗丹。本卷收录了他关于罗丹的笔记和论文，不仅帮助读者更深地领会罗丹艺术，同时对熊秉明的艺术道路和艺术思想也会增加了解。

二　《看蒙娜丽莎看》

本卷收录了熊秉明先生的美术论文和随笔，展现这位艺术家不同寻常的艺术感觉和对艺术重要问题的思考。

三　《展览会的观念》

熊秉明先生关于展览会观念的思考，是他有关艺术思考的重要组成部分。本卷收录的文字，主要包括他由展览引出的艺术思考和哲学思考。

四　《中国书法理论体系》

本卷收录了熊秉明先生的《中国书法理论体系》。此书写作本于教学之需要，反映出他对中国书法艺术和理论的独特理解。本书曾由天津教育出版社于2002年出版。

五　《张旭狂草》

《张旭狂草》，是熊秉明先生有关书法研究的最为重要的著作之一，曾以法文出版，收入本文集，由北京大学哲学系宁晓萌翻译，杜小真审订。

六　《书法与人》

熊秉明是一位有成就的书法家，对书法理论有精深的见解，并且数十年里致力于书法的教学与传播。本卷收录了他有关书法的论文、笔记和教学课录。

七　《人体与山水》

熊秉明先生是一位有成就的雕塑家。本卷收录了他关于人体思考的文字，其中有关于西方艺术重人体、中国艺术重山水的比较研究。

八 《诗论》

作为诗人的熊秉明先生有关于诗的深入思考。本卷收录了他有关中国古代与现代诗歌的研究文字。

九 《砧边札记》

熊秉明先生有将自己随时思考记录下来的习惯。本卷收录了他有关艺术、哲学、人生的笔记。由手稿中录出，篇什多短小，却寓有深邃而富有启发性的见解。

十 《诗》

熊秉明先生是一位诗人。本卷收录了他的诗作，这些诗部分有时间记载，大多数未具时。所录之诗，除部分发表之外，大多是根据手稿整理，第一次与读者见面。